*d'aujourd'hui*

*étranger*

collection dirigée par
Jane Sctrick

# CHALEUR ET POUSSIÈRE

RUTH PRAWER JHABVALA

# CHALEUR ET POUSSIÈRE

roman

Traduit de l'anglais par
NICOLE MÉNANT

PHÉBUS

*Illustration de couverture :*
Photo : Marylin Silverstone


Titre original de l'ouvrage en anglais :
*Heat and Dust*



www.phebus-editions.com

Beth Crawford revint de Simla peu après qu'Olivia se fut enfuie auprès du Nawab [1]. C'était en septembre 1923. Beth avait dû se rendre à Bombay pour y accueillir sa sœur Tessie qui débarquait du bateau. Tessie venait passer la saison fraîche avec les Crawford. Ils avaient prévu pour elle une foule de visites et d'excursions, mais elle resta la plupart du temps à Satipur à cause de Douglas. Ils montaient à cheval, jouaient au croquet et au tennis ensemble ; elle faisait de son mieux pour lui tenir agréablement compagnie. Non qu'il disposât de beaucoup de temps libre, car il se dépensait toujours autant dans le district. Il travaillait comme un Troyen sans jamais se départir de son calme ni d'une parfaite maîtrise de soi, aussi ses collègues, tout comme les Indiens, le tenaient-ils en haute estime. Il était intègre et juste. Tessie resta pendant cette saison fraîche et même la saison suivante, puis elle retourna chez elle par bateau. Un an plus tard Douglas prenait ses vacances et ils se retrouvèrent en Angleterre. Le divorce de Douglas et Olivia fut prononcé à ce moment-là ; Tessie et lui étaient prêts à se marier. Elle le rejoignit

1. Titre donné dans l'Inde musulmane aux gouverneurs de province, puis, dans l'Inde anglaise, à certains souverains indigènes de confession islamique. *(Toutes les notes sont de la traductrice.)*

en Inde et, comme sa sœur Beth, elle y mena une vie pleine et heureuse. Par la suite, ils eurent un fils, mon père – mais, bien sûr, à cette époque tout le monde était de retour en Angleterre.

Je ne me souviens pas du tout de Douglas – il mourut quand j'avais trois ans –, mais je me rappelle très bien ma grand-mère Tessie et ma grand-tante Beth. C'étaient des femmes allègres, portant sur la vie un regard moderne et pertinent, mais néanmoins mes parents me rapportèrent que pendant des années ils ne purent les faire parler d'Olivia, la première femme de mon grand-père. Son souvenir les effarouchait, comme si c'était quelque chose de sombre et de terrible. La génération de mes parents ne partageait pas ces sentiments – au contraire, ils étaient avides d'apprendre tout ce qu'ils pouvaient au sujet d'Olivia, partie avec un prince indien. Elles se décidèrent enfin à aborder le sujet tabou seulement une fois qu'elles eurent pris de l'âge et furent devenues veuves.

A cette époque elles avaient aussi renoué avec Harry. Les cartes de vœux qu'ils s'envoyaient les avaient maintenus en contact ; ce ne fut toutefois qu'après la mort de Douglas que Harry vint leur rendre visite. Ils évoquèrent Olivia. Harry leur parla également de la sœur d'Olivia, Marcia, qu'il avait rencontrée peu après son retour de l'Inde. Il avait continué à la voir au fil des ans jusqu'à sa mort (c'est l'alcool qui l'avait tuée, disait-il). Elle lui laissa toute la correspondance d'Olivia qu'il communiqua à ma grand-mère et à ma grand-tante. C'est ainsi que je vis pour la première fois ces lettres, que j'ai apportées en Inde avec moi.

J'ai heureusement tenu un journal durant mes premiers mois ici, ainsi ai-je quelques traces de mes impressions initiales. Si je voulais tenter maintenant de me les remémorer, je ne serais sans doute pas capable de le faire. Elles ont évolué parce que j'ai moi-même changé. L'Inde change toujours les êtres, et je n'ai pas fait exception. Mais ceci n'est pas mon histoire, c'est celle d'Olivia pour autant que je puisse en suivre le fil.

Voici le début de mon journal.

☆

2 février. – Arrivée à Bombay aujourd'hui. Pas du tout ce que j'avais imaginé. Bien sûr j'avais toujours pensé à une arrivée en bateau, oublié combien ce serait différent par avion. Tous ces mémoires et lettres que j'ai lus, toutes ces images que j'ai vues ; il faut tout oublier. Chaque chose est différente maintenant. Je dois dormir.

Éveillée au milieu de la nuit. Tâtonné à la recherche de ma montre laissée sur ma valise glissée sous le lit : elle n'était pas là. Oh ! non, pas déjà ! Une voix me parvint du lit voisin :

– Elle est là, ma chère, et soyez plus attentive à l'avenir, s'il vous plaît.

Minuit et demi. J'ai dormi environ quatre heures. Bien sûr, je suis encore à l'heure anglaise, il doit être maintenant près de sept heures du soir. Je suis tout à fait réveillée et m'assois sur le lit. Je me trouve à l'hôtel de la SM (Société des Missionnaires), dans le dortoir des femmes qui compte sept lits de sangles, quatre d'un côté, trois de l'autre. Ils sont tous occupés et tout le monde paraît dormir. Au-dehors, la ville, toujours en pleine effervescence, veille. On entend même de la musique venant de quelque part. Les lampes des rues éclairent de l'extérieur les fenêtres sans rideaux du dortoir, noyant la pièce d'un reflet spectral qui rend les dormeuses sur leurs lits semblables à des gisants.

Mais ma voisine – la gardienne de ma montre – est éveillée et désireuse de parler :

– Vous venez sans doute juste d'arriver, c'est pourquoi vous êtes si négligente. Cela ne fait rien, vous apprendrez assez tôt, tout le monde apprend… Faites très attention à votre nourriture au début : eau bouillie seulement, et quoi que vous fassiez, rien qui provienne de ces éventaires des rues. Après, vous êtes immunisée. Je peux manger n'importe quoi maintenant si j'en ai envie. Non pas que j'en aie envie – je hais leur nourriture, je n'y toucherais pour rien au monde. Vous pouvez manger ici, à la SM, c'est très correct. Miss Tietz surveille elle-même la cuisine et ils font de bons ragoûts, quelquefois un rôti, et de la crème. Je descends toujours ici quand je viens à Bombay. Cela fait vingt ans que je connais Miss Tietz. Elle est suisse, elle était avec la communauté religieuse chrétienne, mais elle s'occupe de la SM depuis ces dix dernières années. Ils ont de la chance de l'avoir.

C'est peut-être à cause de la lumière spectrale qu'elle ressemble à un fantôme; et elle porte une chemise de nuit blanche qui l'enveloppe des pieds à la tête. Ses cheveux sont rassemblés en une natte tombante. Elle est blanche comme du papier, vaporeuse – oui, un fantôme. Elle me dit qu'elle est en Inde depuis trente ans, et si Dieu le veut elle mourra ici, c'est son souhait. Mais s'Il veut qu'elle retourne avant au pays, elle le fera si telle est Sa volonté; depuis trente ans elle n'a vécu que selon Sa volonté. Quand elle dit cela, sa voix n'est pas le moins du monde fantomatique, mais forte, et résonne comme celle de quelqu'un qui s'en est toujours tenu à son devoir.

– Nous avons notre petite chapelle à Kafarabad. C'est une ville qui croît – à cause des usines de textile – mais pas en vertu, cela, je peux vous l'affirmer. Il y a trente ans j'aurais dit qu'il y avait de l'espoir, mais aujourd'hui – aucun. Où que vous regardiez, c'est la même histoire. Plus d'argent signifie plus d'égoïsme, plus d'alcool, plus de cinéma. Les femmes portaient de simples saris de coton, mais maintenant elles veulent toutes arborer un dehors resplendissant. Nous ne parlerons pas du dedans. Mais pourquoi attendre quelque chose de ces pauvres gens quand les nôtres agissent comme ils le font? Vous avez vu en face? Jetez un coup d'œil.

Je vais à la fenêtre et regarde en bas dans la rue. Il y fait aussi clair qu'en plein jour, le flamboiement des lampes à pétrole sur chaque étal et baladeuse venant s'ajouter à l'éclairage des rues. Il y a une foule de gens; quelques personnes dorment – il fait si chaud qu'il suffit de s'étendre, aucune literie n'est nécessaire. Les enfants handicapés abondent (un garçon se propulse sur son tronc dépourvu de jambes). Ils mendient probablement pendant la journée, sont libres à cette heure et semblent enjoués, même gais. Les passants achètent aux marchands ambulants et mangent sur place, pendant que d'autres regardent dans les caniveaux pour ramasser ce qu'on y a jeté.

Elle me dirige vers l'autre fenêtre. De là j'ai une vue de l'hôtel A. J'ai été prévenue au sujet de cet endroit avant de venir. On m'a dit qu'aussi morne et sinistre que je puisse trouver l'hôtel de la SM, à aucun prix il ne faut loger au A.

– Pouvez-vous voir ? demande-t-elle de son lit.

Je vois. Ici aussi il fait clair grâce aux lampes des rues et des boutiques. Le trottoir devant l'A. est bondé – pas d'Indiens, mais des Européens. Ils paraissent perdus.

– Huit ou neuf d'entre eux dans une pièce, dit-elle, et certains n'ont même pas l'argent pour ça, ils peuvent juste dormir dans la rue. Ils demandent l'aumône les uns aux autres et se volent entre eux. Certains sont très jeunes, de vrais enfants – peut-être y a-t-il de l'espoir pour eux, si Dieu le veut ils retourneront chez eux avant qu'il soit trop tard. Mais il en est d'autres, hommes et femmes, qui sont ici depuis des années, et chaque année ils empirent. Vous voyez dans quel état ils se trouvent. Tous malades, certains mourants. Qui sont-ils, d'où viennent-ils ? Un jour j'ai vu une chose horrible. Il ne pouvait avoir plus de trente ans, un Allemand peut-être ou un Scandinave – il était très blond et grand. Ses vêtements étaient en lambeaux et vous pouviez voir sa peau blanche au travers. Il avait de longs cheveux tout emmêlés ; un singe était assis à côté de lui, et le singe l'épouillait. Oui, le singe retirait les poux de la chevelure de l'homme. J'ai regardé le visage de cet homme – ses yeux – et, je vous dis, j'ai vu une âme en enfer. Oh ! mais j'ai vu des choses terribles en Inde. J'ai vécu une émeute entre hindous et musulmans, et une épidémie de variole, et plusieurs famines, et je crois pouvoir dire avec vérité que j'ai vu tout ce qu'on pouvait voir sur cette terre. Et à travers tout cela j'ai appris une chose : vous ne pouvez vivre en Inde sans Jésus-Christ. Si vous ne le priez pas de toutes vos forces et s'il n'est pas avec vous à chaque instant du jour et de la nuit, alors vous devenez comme ce pauvre jeune homme avec le singe qui lui ôtait les poux de la tête. Parce que, voyez-vous, ma chère, ce qui est humain ne signifie rien ici. Rien du tout, dit-elle avec le mépris de tout hindou ou bouddhiste pour tout ce que ce monde peut offrir.

Elle était assise sur son lit. Malgré son allure mince et sa blancheur, elle paraissait résistante, endurcie. Un fantôme avec une ossature. Je jetai encore un regard sur les silhouettes affalées sous les lumières blafardes de la rue devant l'hôtel A. Il me sembla qu'elle avait raison : ils étaient pareils à des âmes en enfer.

16 février. – Satipur. J'ai eu beaucoup de chance et j'ai déjà trouvé une chambre ici. Je l'aime beaucoup. Elle est grande, bien aérée, vide. Il y a une fenêtre à laquelle je m'assois pour plonger mon regard vers le bazar d'en bas. Ma chambre se situe au-dessus d'une boutique de tissus et je dois monter une volée de marches sombres pour y arriver. Elle m'a été sous-louée par un fonctionnaire appelé Inder Lal qui vit avec sa femme, sa mère et trois enfants dans quelques pièces exiguës serrées à l'arrière d'une cour sur laquelle ouvre la boutique. Celle-ci appartient à quelqu'un d'autre, de même que la cour. Chaque chose est divisée et subdivisée, et je suis l'une des sous-divisions. Mais je me sens au large et tranquille là-haut; si ce n'est que je dois partager les commodités de la salle de bains dans la cour ainsi que les services de la petite fille balayeuse qui lui est attachée.

Je pense qu'Inder Lal, mon propriétaire, est déçu de la manière dont je vis dans ma chambre. Il observe dans l'attente d'un ameublement, mais il n'y en a aucun. Je m'assois sur le plancher et la nuit j'étends dessus mon sac de couchage. Le seul meuble dont j'aie fait l'acquisition à ce jour est un tout petit bureau de la hauteur d'un tabouret sur lequel j'ai étalé mes papiers (ce journal, ma grammaire et mon dictionnaire d'hindi, les lettres d'Olivia). Les boutiquiers se servent de ces bureaux pour faire leurs comptes. Inder Lal regarde mes murs nus. Il espérait probablement des gravures et des photographies – je n'éprouve aucun besoin de ce genre de choses quand tout ce que j'ai à faire est de regarder par la fenêtre le bazar du dessous. Je ne voudrais certainement pas être distraite de cette scène. Voilà aussi pourquoi je n'ai pas mis de rideaux.

Inder Lal est beaucoup trop poli pour exprimer sa déception. Il a simplement fait remarquer : « Ce n'est pas très confortable pour vous », et il a rapidement baissé les yeux, comme effrayé de m'embarrasser. Il avait fait de même en me voyant débarquer avec mon bagage. Je n'avais pas pris de porteur, j'avais posé malle et sac de couchage sur mes épaules et les avais montés moi-même. Là aussi – après avoir laissé échapper un cri de stupéfaction – il avait baissé les yeux de crainte de me gêner.

C'eût été plus facile pour lui si j'avais été comme Olivia. Elle était tout ce que je ne suis pas. La première chose qu'elle fit en emménageant dans leur maison (celle de l'assistant collecteur) fut de l'enfouir sous les tentures, les peintures et les fleurs. Elle écrivait à Marcia : « Nous commençons à avoir l'air vaguement civilisés. » Et encore, plus tard : « Mrs. Crawford (la femme du Collecteur[1] – la *Burra Mensahib*) est venue m'inspecter aujourd'hui dans mon nid. Je ne pense pas qu'elle m'apprécie beaucoup, *non plus* que le nid, mais elle a toujours tant de tact ! Elle me dit qu'elle savait combien la première année était toujours difficile et que s'il y avait la moindre chose qu'elle puisse faire pour me faciliter la vie, eh bien ! je devais la considérer comme étant toujours *là*. Je l'ai remerciée avec réserve. En réalité, sa présence ici est le seul hic – autrement tout est simplement *trop parfait* ! Si seulement j'avais pu le lui dire. »

J'ai déjà vu la maison dans laquelle vécurent Douglas et Olivia. Je le dus à une coïncidence très opportune – le bureau où travaille Inder Lal est situé dans l'ancienne zone résidentielle anglaise (appelée Civil Lines). Le service d'Inder Lal, Répartition et Approvisionnements, est installé dans ce qui fut la demeure du Collecteur (celle de Mr. Crawford, en 1923). Le bungalow de Douglas et Olivia abrite maintenant le service des Eaux, le service municipal de la Santé et un sous-bureau de

1. Chef d'un district ayant la charge de percevoir l'impôt, mais également investi d'une autorité juridictionnelle et administrative.

poste. Ces deux maisons ont, comme tout le reste, été divisées et subdivisées en de nombreuses parties pour remplir diverses fonctions. Seule la maison du médecin-chef est restée intacte et elle est censée servir de gîte aux voyageurs.

20 février. – Je suis allée ce matin saluer les deux femmes de la famille Inder Lal : son épouse, Ritu, et sa mère. Je ne sais si je les ai surprises à un moment de confusion inhabituelle ou si c'est leur manière de vivre, mais l'endroit paraissait très en désordre. Bien sûr, les pièces sont exiguës et les enfants encore à un âge où ils sont sales et turbulents. Ritu a enlevé rapidement quelques vêtements et jouets d'un banc. J'aurais préféré m'asseoir par terre comme elles, mais j'ai compris que je devais maintenant me soumettre à toutes les règles sociales qui, selon elle, convenaient à ma situation. Avec un sifflement bref dont on devine qu'il lui est coutumier, la belle-mère a donné un ordre à la belle-fille, où il était question, me sembla-t-il, de rafraîchissement. Ritu a alors jailli hors de la pièce, comme heureuse d'être délivrée, nous laissant la belle-mère et moi faire ce que nous pouvions l'une de l'autre. Nous avons échangé des sourires, j'ai essayé de pratiquer mon hindi (avec peu de succès – je dois y travailler avec plus d'ardeur !), nous avons esquissé des gestes de bonne volonté et n'avons abouti nulle part. Elle m'étudiait tout le temps. Elle a un regard perspicace qui vous jauge – et je peux imaginer comment, avant de se décider finalement pour Ritu, elle a dû aller observer alentour des filles susceptibles de devenir des épouses pour son fils. Instinctivement, elle faisait aussi l'addition de *mes* points, et hélas je pouvais deviner à quelle somme elle arrivait.

Je me suis déjà habituée à être jaugée de cette manière en Inde. Tout le monde le fait partout – dans les rues, dans les autobus, dans les trains. Personne ne s'en cache, ni les femmes ni les hommes, de même que personne ne s'efforce de dissimuler son amusement si c'est là le sentiment qu'on lui inspire. Je suppose que nous devons paraître étranges à ces gens, comme paraît étrange la manière dont nous vivons parmi eux – non plus à part, mais mangeant leur nourriture et portant souvent des vêtements indiens parce qu'ils sont plus frais et moins chers.

Me procurer un ensemble complet de vêtements indiens a été l'une des premières choses que j'ai faites après mon installation à Satipur. J'ai visité la boutique de tissus en bas de chez moi, puis j'ai poussé la porte d'à côté pour trouver un petit tailleur assis sur un morceau de toile avec sa machine. Il prit aussitôt mes mesures dans sa boutique ouverte sur la rue, mais en mettant tellement de soin à garder ses distances qu'il a mesuré trop approximativement pour tout ajuster à ma taille. Le résultat est que mes vêtements flottent beaucoup, mais ils remplissent leur rôle et je me félicite de les avoir. Je porte maintenant une paire de larges pantalons bouffants attachés à la taille par une cordelière, comme en portent les paysannes pendjabi, ainsi que leur sorte de chemise qui tombe à hauteur du genou. J'ai des sandales indiennes que je peux faire glisser de mes pieds et laisser sur le seuil comme tout un chacun. (C'étaient des sandales d'hommes, parce que celles des femmes ne m'allaient pas.) Bien que je sois habillée maintenant comme une Indienne, les enfants me courent toujours après ; je ne m'en préoccupe pas trop car je suis sûre qu'ils s'habitueront vite à moi.

Un mot est souvent prononcé dans mon dos : *hijra*. Je sais malheureusement ce qu'il signifie. Je l'ai su avant de venir en Inde, par une lettre d'Olivia. *Elle* l'avait appris du Nawab qui disait que Mrs. Crawford ressemblait à un hijra (grand-tante Beth était comme moi grande et plate comme une limande). Bien sûr Olivia ignorait le sens de ce mot et, quand elle le demanda, le Nawab éclata de rire. Au lieu de le lui expliquer, il lui dit : « Je vais vous montrer », et il frappa dans ses mains, donna un ordre et, peu de temps après, une troupe de hijras fut introduite. Le Nawab les fit chanter et danser pour Olivia dans leur style traditionnel.

Je les ai vus aussi chanter et danser. Je rentrais en compagnie d'Inder Lal après avoir visité son bureau. Nous nous trouvions tout près de la maison quand j'entendis un bruit de tambour provenant d'une rue transversale. Inder Lal dit qu'il n'y avait là rien d'intéressant à voir – « une chose très commune » –, mais j'étais curieuse, aussi m'accompagna-t-il à contrecœur. Nous enfilâmes une suite de ruelles qui se prolongeaient l'une l'autre, puis nous franchîmes un portail en arc et descendîmes un passage qui ouvrait sur une cour intérieure. Une troupe de hijras – d'eunuques – y était rassemblée, donnant son spectacle. L'un jouait du tambour, d'autres chantaient, frappaient des mains et esquissaient quelques mouvements de danse. Un groupe de badauds se délectait de la représentation. Les hijras étaient bâtis comme des hommes avec de grandes mains, des poitrines plates et de longues mâchoires, mais ils étaient habillés comme des femmes en sari et portaient des bijoux clinquants. Ils dansaient en parodiant les attitudes féminines et je suppose que c'était ce qui amusait tant le public. Mais leurs visages me parurent tristes, et même quand ils minaudaient et faisaient des gestes suggestifs (tous riaient et Inder Lal voulait que je m'en aille), leur expression restait toujours celle, lassée, quotidienne, d'hommes qui se demandent combien leur travail leur sera payé.

24 février. – Aujourd'hui étant dimanche, Inder Lal m'a gentiment offert de me conduire à Khatm pour me montrer le palais du Nawab. J'avais mauvaise conscience de l'arracher à sa famille pendant son unique jour de congé, mais ni lui ni elle ne parurent y attacher d'importance. Je me demande si sa femme ne se fatigue pas de rester enfermée toute la journée, et tous les jours, dans ses deux petites pièces avec sa belle-mère et ses trois petits enfants. Je ne la vois jamais aller nulle part sauf parfois – accompagnée de sa belle-mère – pour acheter des légumes au bazar.

Je n'ai encore jamais voyagé en Inde dans un autobus qui ne soit bondé, au point d'éclater, de passagers à l'intérieur et de bagages sur le toit ; ils sont en outre toujours si vieux qu'ils font vibrer chaque os dans le corps humain et chaque vis de leur carrosserie. Si les autobus sont toujours les mêmes, c'est vrai aussi des paysages qu'ils sillonnent. Une fois la ville laissée derrière, il n'y a plus rien jusqu'à la prochaine, excepté une terre plate, un ciel brûlant, de vastes étendues et de la poussière. Surtout de la poussière : il n'y a pas de fenêtres sur les côtés de l'autobus, mais un espace libre protégé par des barreaux, à travers lesquels s'engouffrent les vents brûlants qui envoient les sables du désert dans les oreilles et le nez et font grincer les dents.

La ville de Khatm s'est révélée misérable. Certes Satipur n'est pas magnifique, mais donne pourtant l'impression d'avoir pu pousser selon ses besoins. Khatm au contraire s'entasse à l'ombre du palais du Nawab. Elle semble n'avoir été construite qu'à l'usage du palais, et maintenant qu'il est abandonné elle ne sait plus que faire d'elle-même. Les rues sont denses, en pente et sales. Les mendiants sont très, très nombreux.

Protégé par de hauts murs gris perle, le palais se trouve situé dans un vaste terrain qu'ombrage une multitude d'arbres. On aperçoit des fontaines et des canaux, des pavillons champêtres et une petite mosquée privée surmontée d'un dôme doré. Inder Lal et moi nous assîmes sous un arbre pendant que le gardien allait chercher les clefs. J'ai interrogé Inder Lal sur la famille du Nawab, mais il n'en sait pas beaucoup plus que moi. Après la mort du Nawab, en 1953, son neveu Karim, qui était encore un enfant à cette époque, hérita du palais. Il n'y vécut jamais, ayant choisi Londres, où je l'ai rencontré juste avant de venir ici (je remets à plus tard le moment d'aborder ce sujet). La famille en négocie toujours la vente avec le gouvernement indien, mais jusqu'à présent, et après toutes ces années, ils n'ont pu se mettre d'accord sur un prix. Aucun autre acheteur ne se présente ; qui voudrait d'une bâtisse comme celle-ci de nos jours – et à Khatm ?

Inder Lal ne tenait pas à discuter du Nawab. Oui, il avait eu vent du personnage et de sa vie dissolue ; de vagues rumeurs aussi au sujet d'un vieux scandale. Mais qui s'intéresse à cela maintenant ? Tous ces gens sont morts et, même si quelques-uns d'entre eux vivaient encore, qui se soucierait de leurs affaires ? Inder Lal se montrait beaucoup plus empressé à me parler de ses problèmes, qui sont nombreux. Quand l'homme revint avec les clefs, nous visitâmes le palais ; s'offrirent alors à mes yeux toutes les salles, les pièces et les galeries auxquelles j'avais tellement pensé et que j'avais tant essayé d'imaginer. Mais le bâtiment, vide à présent, n'est plus qu'une coquille de marbre. Le mobilier a été vendu dans des salles de vente européennes et on ne peut voir encore ici et là, telles les épaves d'un navire flottant à travers les espaces marmoréens, que quelques sofas victoriens cassés et de vieux éventails de brocart – des *punkahs* – pleins de poussière qui pendent du plafond.

Inder Lal marchait derrière moi en me racontant les histoires de son bureau. C'est le règne des intrigues et des jalousies auxquelles Inder Lal ne voudrait pas être mêlé – il souhaite seulement qu'on le laisse faire son travail, mais c'est impossible, les gens le sollicitent et il doit prendre parti. Il est aussi victime d'intrigues et de jalousies parce que le chef de son service est favorablement disposé à son égard. Cela exaspère les collègues d'Inder Lal qui entreprendraient n'importe quoi – telle est leur nature – pour le faire choir.

Nous nous trouvions dans une galerie supérieure donnant sur le grand salon. Le gardien nous expliqua que les femmes de la maison avaient l'habitude de s'asseoir ici, cachées derrière des rideaux, pour observer en bas les festivités. Un rideau pendait encore – un riche brocart, raide de poussière et de vétusté. Je le caressai pour en admirer la texture, mais j'eus l'impression de toucher quelque chose de mort et qui tombait en poussière. Inder Lal – qui me parlait de son chef de service dont l'esprit était hélas empoisonné par les factions qui défendaient leurs intérêts personnels – toucha à son tour le rideau. Il commenta : « Ah ! où tout cela est-il allé ? » – opinion qui trouva promptement un écho chez le gardien. Mais tous deux décidèrent alors que j'en avais assez vu. Quand nous ressortîmes dans le jardin – aussi vert et ombragé que le palais était blanc et frais –, le gardien se mit à parler en hâte à Inder Lal. Je m'enquis au sujet de la mosquée du Nawab, mais Inder Lal m'assura qu'elle ne valait pas la peine d'être vue et que le gardien, à la place, nous montrerait la petite chapelle hindoue qu'il avait aménagée pour son propre culte.

J'ignore ce que cet endroit avait été à l'origine – peut-être un dépôt ? Ce n'était réellement pas plus qu'un trou dans le mur et il fallait se pencher pour en franchir le seuil. Plusieurs personnes nous emboîtèrent le pas. Le gardien alluma une lampe électrique et la chapelle apparut à nos regards. La divinité principale – ici sous l'aspect du dieu-singe Hanûmân – était sous verre, flanquée de deux autres dieux, chacun dans un écrin séparé. Tous étaient faits de plâtre, vêtus de morceaux de soie et ornés de colliers de perles. Le gardien m'interrogeait du regard, aussi bien sûr ai-je dû lui dire combien je trouvais cela joli et lui donner cinq roupies. L'atmosphère était étouffante dans cette pièce mal aérée où nous étions agglutinés et j'avais hâte de sortir. Inder Lal s'inclina devant les trois dieux. Il avait fermé les yeux et ses lèvres remuaient avec dévotion. On me donna quelques cristaux de sucre et des pétales de fleur que, bien entendu, je ne voulus pas jeter, aussi les tenais-je toujours dans l'autobus qui nous reconduisait à Satipur. Quand il me sembla qu'Inder Lal ne regardait pas, je les éparpillai respectueusement à l'extérieur du car, mais ils avaient laissé sur la paume de ma main une sensation visqueuse et une odeur persistante de sucre et de putrescence que je sens encore en écrivant.

☆

## 1923

Olivia rencontra pour la première fois le Nawab à l'occasion d'un dîner qu'il donnait en son palais. Elle se trouvait depuis plusieurs mois à Satipur et commençait déjà à s'ennuyer. Les seules personnes que Douglas et elle fréquentaient régulièrement étaient les Crawford (le Collecteur et sa femme), les Saunders (le médecin-chef), et le major Minnies et son épouse. Cela se passait le dimanche soir. Le reste du temps, Olivia était seule dans sa grande maison, toutes portes et fenêtres closes pour se préserver de la chaleur et de la poussière. Elle lisait et jouait du piano, mais les jours semblaient longs, très longs. Douglas était naturellement fort occupé par son travail dans le district.

Le jour du dîner du Nawab, Douglas et Olivia furent conduits à Khatm avec les Crawford, dans la voiture de ces derniers. Les Saunders, également invités, s'étaient fait excuser à cause de la mauvaise santé de Mrs. Saunders. C'était une course d'une vingtaine de kilomètres ; Douglas et les Crawford, qui tous avaient été reçus auparavant par le Nawab, restaient stoïques devant l'inconfort du voyage comme devant le divertissement qui les attendait. Mais Olivia était excitée. Elle portait un costume de voyage – un ensemble en toile beige ; sa robe du soir, ses chaussures de satin et son coffret à bijoux étaient rangés dans son sac de nuit. Elle était heureuse de penser qu'elle allait bientôt les porter et que les gens la verraient ainsi.

Comme beaucoup de souverains indiens, le Nawab aimait à recevoir des Européens. Malheureusement pour lui, il disposait de peu pour les distraire, son État ne possédant ni ruines intéressantes ni bons terrains de chasse. Toutes ses ressources se limitaient à un sol sec et de pauvres villages. Toutefois son palais, construit vers 1820, était assez remarquable. Les yeux d'Olivia s'illuminèrent lorsqu'elle fut conduite dans la salle à manger et qu'elle vit sous les chandeliers la longue, longue table avec un service de Sèvres, de l'argenterie, des cristaux, des fleurs, des candélabres, des grenades, des ananas et de petits bols de fruits confits. Elle sentit qu'elle touchait enfin à l'Inde.

Seuls les convives n'étaient pas à leur place. Le major et Mrs. Minnies, qui demeuraient près de Khatm, avaient rejoint le groupe de Satipur, et il y avait un autre Anglais grassouillet à la calvitie naissante, appelé Harry quelque chose, un hôte de la maison du Nawab. Les Minnies ressemblaient beaucoup aux Crawford. Le major Minnies était l'agent politique chargé de conseiller le Nawab et les chefs de quelques petits États voisins. Il vivait en Inde depuis vingt ans et connaissait tout à son sujet ; il en était de même de sa femme et, bien sûr, des Crawford. Leur expérience remontait à plusieurs générations, car ils appartenaient tous à des familles ayant travaillé dans l'un ou l'autre des services de l'administration britannique aux Indes, dès avant la Mutinerie. Olivia avait déjà rencontré de ces vieux routiers de l'Inde et ils l'ennuyaient autant que leurs interminables anecdotes sur les événements survenus à Kaboul ou Multan. Elle se demandait comment il était possible de mener des vies aussi excitantes – administrer des provinces entières, combattre sur les frontières, conseiller des souverains – et de rester en même temps si ternes. Elle regarda autour de la table – Mrs. Crawford et Mrs. Minnies dans leurs robes inélégantes, plus adaptées aux soirées de l'humide Angleterre où elles se retireraient un jour qu'à cette table royale ; le major Minnies et Mr. Crawford, bouffis et hauts en couleur, avec des voix bourdonnant sans cesse, sûrs d'être écoutés bien que leurs propos, pensait Olivia, fussent aussi fastidieux qu'eux-mêmes. Seul Douglas était différent. Elle lui jeta un coup d'œil à la dérobée : oui, *il* était correct. Comme toujours, il se tenait très droit sur sa chaise ; son nez était droit ainsi que son front haut ; son smoking lui allait parfaitement. Il était noble et beau.

Olivia n'était pas la seule à admirer Douglas. L'hôte de la maison du Nawab, l'Anglais appelé Harry quelque chose, assis à côté d'elle, murmura :

– Votre mari me *plaît*.

– Oh ! vraiment ? répondit Olivia. A moi aussi.

Harry saisit la serviette posée sur ses genoux pour étouffer son rire. Caché derrière, il chuchota :

– Cela change du tout au tout par rapport à nos *autres* amis.

Il jeta un regard sur les Crawford et les Minnies, ses yeux roulant de détresse quand ils revinrent à Olivia.

Elle ne put que répondre par un sourire. Cela lui faisait du bien de découvrir quelqu'un qui partageait ses sentiments, elle n'avait encore jamais rencontré en Inde personne qui les partageât, pas même (elle ne pouvait s'empêcher de le penser), son Douglas. Elle le regarda encore, assis, écoutant le major Minnies avec attention et un authentique respect.

Le Nawab, à l'autre bout de la table, paraissait aussi écouter son hôte avec attention et respect. Il se penchait même en avant dans son désir de ne pas perdre un mot. Quand l'anecdote du major Minnies devint amusante – il leur racontait les histoires d'un usurier hindou de Patna, diaboliquement habile, qui avait tenté de le duper bien des années auparavant lorsqu'il était encore un bleu –, le Nawab, pour montrer combien il appréciait l'humour du major, se rejeta en arrière et frappa la table, ne s'arrêtant de rire que pour inviter ses hôtes à se joindre à son hilarité. Mais Olivia sentit qu'il s'agissait d'une pose ; elle en était presque sûre. Elle vit, alors qu'il paraissait entièrement captivé par le récit du major, qu'il restait très attentif à ce qui se passait autour de la table. Toujours le premier à apercevoir un verre ou une assiette vides, il donnait un ordre rapide, généralement du regard, bien qu'il lançât parfois *sotto voce* une directive en urdu. Il observait en même temps chacun de ses hôtes, et il sembla à Olivia qu'il avait déjà tiré ses conclusions sur tout le monde. Elle aurait adoré savoir à quelles conclusions il était arrivé, mais devinait qu'il prendrait le plus grand soin à les dissimuler. A moins, bien sûr, qu'elle ne parvînt à le connaître vraiment bien. Ses yeux se posaient souvent sur elle, et elle le laissait l'étudier tout en prétendant l'ignorer. Elle appréciait cette attention – comme elle avait aimé la façon dont il la regardait au moment de son arrivée. Ses yeux avaient brillé – il se ressaisit immédiatement, mais ce regard ne lui avait pas échappé, et elle comprit qu'elle avait enfin trouvé en Inde une personne s'intéressant à elle de la manière à laquelle elle était accoutumée.

A la suite de cette soirée, Olivia supporta mieux sa solitude quotidienne dans la maison. Elle savait que le Nawab ne tarderait pas à lui rendre visite, et, chaque jour, vêtue de l'une de ses fraîches mousselines pastel, elle attendait. Douglas se levait toujours aux premières lueurs de l'aube – sans faire de bruit, de crainte de l'éveiller – pour partir à cheval mener son inspection avant que la chaleur devînt insupportable. Après quoi il se rendait au tribunal, puis à son bureau ; habituellement trop occupé, il ne rentrait que tard le soir à la maison, et encore toujours chargé de dossiers (comme ils travaillaient dur, ces administrateurs !). Quand Olivia s'éveillait, les domestiques avaient nettoyé la maison et fermé rideaux et volets. La journée lui appartenait. Elle avait aimé à Londres les longues heures dont elle disposait – elle s'était toujours vue comme quelqu'un qui était tourné vers la vie intérieure. Ici, toutefois, elle commençait à redouter ces journées solitaires, où elle restait enfermée avec des domestiques allant et venant pieds nus et attendant respectueusement de satisfaire ses désirs.

Le Nawab se présenta quatre jours après la réception. Elle jouait du Chopin et, lorsqu'elle entendit sa voiture, elle poursuivit son jeu, redoublant d'ardeur. Un domestique l'annonça ; à son entrée elle pivota sur son tabouret et écarquilla ses grands yeux :

– Comment, Nawab Sahib, quelle délicieuse surprise !

Elle se leva pour le saluer, les deux mains tendues en signe d'accueil.

Il arrivait avec tout un groupe (elle devait apprendre plus tard qu'il était habituellement accompagné). Le groupe comprenait l'Anglais Harry et divers jeunes gens du palais. Ils s'installèrent tous confortablement dans le salon d'Olivia, se lovant avec grâce sur ses sofas et tapis. Harry se déclara charmé par sa pièce – il en aimait les gravures noir et blanc, le paravent japonais, les chaises et les abat-jour jaunes. Il s'affala dans un fauteuil et, haletant comme un homme épuisé, prétendit avoir traversé un désert avant d'atteindre enfin une oasis. Le Nawab aussi semblait ravi d'être là. Ils restèrent toute la journée.

Elle passa comme un éclair. Olivia ne put ensuite se rappeler ce dont ils avaient parlé – Harry semblait avoir mené la conversation, le Nawab et elle riant de ses traits d'esprit. Les autres jeunes gens, connaissant peu d'anglais, ne pouvaient prendre part à la conversation, mais se rendirent utiles en préparant les boissons selon le goût du Nawab. Il avait conçu une mixture spéciale composée de gin, de vodka et de cherry-brandy qu'il invita Olivia à goûter (c'était trop fort pour elle). Il avait apporté sa propre vodka parce que, disait-il, les gens ne semblaient jamais en avoir chez eux. Il avait pris possession de l'un des sofas et s'était assis au beau milieu, les bras étendus le long du dossier et ses longues jambes allongées aussi loin que possible. Il paraissait très à son aise et entièrement maître de la scène – ce qu'il était, bien évidemment. Il invita Olivia non seulement à boire son breuvage, mais aussi à s'installer confortablement sur le divan en face de lui et à se laisser divertir par l'humour de Harry comme de toute autre distraction que pourrait leur offrir ce jour.

Au lieu d'une femme que l'ennui et la fatigue mettaient au bord des larmes, Douglas trouva ce soir-là une Olivia si excitée qu'il crut un moment qu'elle avait de la fièvre. Il mit la main sur son front : il avait vu de nombreuses fièvres indiennes. Elle lui rit au nez. Quand elle lui eut parlé de son visiteur, il éprouva des doutes – mais voyant sa gaieté, son contentement, il décida d'approuver. Elle était livrée à elle-même, et le Nawab avait fait preuve de courtoisie en lui rendant visite.

Quelques jours plus tard ils reçurent, pour tous les deux, une nouvelle invitation du palais. Un billet charmant l'accompagnait, disant que s'ils lui faisaient l'honneur et le bonheur d'accepter, le Nawab les enverrait chercher en voiture. Douglas resta perplexe : les Crawford les conduiraient comme d'habitude dans la leur.

– Oh ! juste ciel, mon chéri, s'impatienta Olivia, tu ne penses pas qu'*ils* ont été invités.

Douglas parut stupéfait ; lorsqu'il était ainsi surpris, ses yeux ressortaient légèrement et il bégayait.

Plus tard, quand il apparut que les Crawford n'avaient pas été conviés, il se sentit mal à l'aise. Il ne pensait pas qu'Olivia et lui dussent accepter. Cependant elle insista, elle était déterminée. Elle dit qu'elle se distrayait assez peu ici – « Crois-*moi* » – pour ne pas se sentir encline à manquer une occasion agréable quand celle-ci se présentait. Douglas se mordit les lèvres ; il savait qu'elle avait raison, mais c'était un dilemme pour lui. Il ne voyait pas comment ils pourraient s'y rendre, il essaya de le lui expliquer, mais elle ne voulut pas l'entendre. Ils en discutèrent à plusieurs reprises. Elle s'éveilla très tôt le matin pour continuer la discussion. Elle l'accompagna jusqu'au seuil de la maison où le *saïs* [1] tenait son cheval. Il monta en selle.

– Oh ! Douglas, s'il te plaît ! dit-elle en levant les yeux vers lui.

Il fut réduit à quia, parce qu'il ne pouvait rien lui promettre. Encore qu'il souhaitât le faire. Il l'observa qui retournait vers la maison ; elle paraissait, dans son kimono, frêle et malheureuse. Je suis une brute, pensa-t-il toute la journée. Néanmoins, ce même jour, il envoya un mot au Nawab, déclinant avec regret son invitation.

☆

28 février. – L'un des anciens bungalows anglais du Civil Lines n'a pas été transformé comme les autres en bureaux administratifs, mais en gîte pour voyageurs. Un ancien gardien a reçu la charge de le tenir propre et de l'ouvrir aux personnes de passage. Toutefois il manque d'enthousiasme dans l'accomplissement de ses devoirs et préfère être livré à lui-même, passant son temps selon son désir. Quand un voyageur se présente, le gardien lui demande un permis officiel ; s'il n'en montre pas, il considère ses responsabilités comme terminées et retourne en traînant les pieds dans sa hutte, où il vit assez confortablement.

Hier j'ai rencontré un étrange trio devant le bungalow. Le gardien ayant refusé d'ouvrir les portes, ils avaient dû s'installer avec leurs affaires dehors, sous la véranda. Il y avait là un jeune homme avec sa compagne, tous deux anglais, et un autre garçon, anglais également – il parlait avec l'accent plat des Midlands –, bien qu'il ne voulût pas l'admettre. Il avait laissé de côté, disait-il, toute caractéristique personnelle. Il s'était aussi défait de ses vêtements et n'était vêtu que d'une robe orange comme un ascète indien ; il avait complètement rasé sa

1. Palefrenier.

tête, ne laissant au sommet que la mèche hindoue. Mais bien qu'il eût renoncé au monde, il se montrait aussi irrité que les deux autres contre le gardien qui ne voulait pas les laisser entrer. La fille était particulièrement indignée, non seulement par l'attitude du gardien mais le comportement de tout le monde en Inde. Elle les jugeait tous sales et malhonnêtes. Elle avait un très joli visage anglais, ouvert, mais quand elle s'exprimait ainsi il devenait mesquin et fermé, et je compris que plus elle resterait en Inde plus il deviendrait ainsi.

– Pourquoi êtes-vous venue ? lui demandai-je.

– Pour trouver la paix, ricana-t-elle. Mais je n'ai trouvé que la dysenterie.

– C'est tout ce qu'on trouve jamais ici, ajouta son compagnon.

Puis ils se lancèrent tous deux dans un récit de leurs mésaventures. On leur avait volé leurs montres dans un lieu de dévotion à Amritsar ; un homme, rencontré dans le train à destination du Cachemire, les avait trompés en leur promettant une maison flottante bon marché avant de disparaître avec l'argent qu'ils avaient avancé ; toujours au Cachemire, la fille avait contracté une dysenterie probablement amibienne ; ils furent encore dupés à Delhi où un racoleur, leur faisant miroiter un taux de change très favorable, avait filé avec leur argent par la porte arrière du café où ils l'avaient rencontré ; à Fatehpur Sikri, la fille avait été molestée par un groupe de jeunes sikhs ; la poche de son compagnon avait été vidée dans le train de Goa ; à Goa, il s'était battu avec un Danois fou armé d'un rasoir et avait aussi été malade, sans doute la jaunisse (une épidémie sévissait) ; la fille avait attrapé la gale.

Le gardien sortit à cet instant de sa hutte où il semblait s'être préparé un repas savoureux. Il fit observer qu'il était défendu de rester sur la véranda. Le jeune Anglais eut un rire menaçant et lança :

– Essaie seulement de nous en déloger.

Il était grand, encore qu'assez épuisé par la maladie, aussi le gardien resta-t-il songeur. Au bout d'un moment il les prévint que cela leur coûterait cinq roupies pour camper sur la véranda, l'eau du puits comprise. L'Anglais montra les portes fermées et dit : « Ouvre. » Le gardien se retira pour retourner à sa cuisine et peut-être réfléchir à la suite des événements.

Le jeune homme me confia que son amie et lui s'étaient vivement intéressés à la religion hindoue après avoir assisté à une conférence donnée par un swami de passage à Londres, sur le thème de l'Amour universel. Le swami, d'une voix feutrée et caressante convenant parfaitement au sujet, avait expliqué que l'Amour universel était un océan de douceur qui clapotait autour de l'humanité entière et l'enveloppait d'une marée de miel. Il avait des yeux attendrissants et un sourire de félicité. L'atmosphère aussi était très belle, il y avait du jasmin, de l'encens et des feuilles de bananier ; deux disciples accompagnaient le discours du swami, l'un jouait en sourdine de la flûte pendant que l'autre, plus discrètement encore, faisait résonner une paire de petites cymbales. Tous les disciples entouraient le swami sur l'estrade. Pour la plupart européens, ils portaient des robes safranées et leurs visages, à l'expression très pure, semblaient lavés de tout péché et de tout désir. Après quoi ils avaient entonné des hymnes en hindi qui chantaient le flot de l'océan d'amour. Le jeune homme et son amie étaient sortis de cette réunion dans un tel état d'exaltation que, pendant un long moment, ils ne purent parler ; mais quand ils y parvinrent, ils tombèrent d'accord qu'ils devaient partir sur-le-champ pour l'Inde afin d'y trouver l'enrichissement spirituel auquel ils aspiraient.

L'ascète révéla que lui aussi avait un dessein spirituel en venant. En ce qui le concerne, c'est la découverte des écritures hindoues qui est à l'origine de son attirance ; et arrivé en Inde, il n'avait pas été déçu. Il lui semblait que l'esprit de ces écritures se manifestait toujours dans les grands temples du Sud. Il y avait vécu pendant des mois, comme un pèlerin indien, se purifiant, et souvent si perdu dans sa contemplation que le monde autour de lui disparaissait totalement. Il avait lui aussi attrapé la dysenterie et la gale, mais ces ennuis ne l'incommodaient pas, puisqu'il vivait dans des sphères si élevées; de même, que ses quelques biens se fussent volatilisés de la cour du temple où il demeurait ne l'avait pas affecté. Il avait trouvé un guru pour lui donner l'initiation et le dépouiller de toute caractéristique personnelle ainsi que du reste de ses possessions, y compris son nom. Il reçut un nouveau nom indien, Chidananda (ses deux compagnons l'appelaient Chid). Dès lors il ne détenait plus rien que son chapelet et un bol à aumône dans lequel il devait mendier sa nourriture auprès de personnes charitables. Cependant, à l'usage, cette méthode ne s'était pas révélée sans faille et il avait dû souvent écrire chez lui pour qu'on lui envoyât de l'argent par mandat télégraphique. Sur l'instruction de son guru, il avait entrepris un pèlerinage à travers l'Inde, la caverne sacrée d'Amarnath étant son ultime destination. Il errait depuis de nombreux mois. Son grand tourment venait du fait que les gens couraient après lui et se moquaient; les enfants se montraient particulièrement importuns et lui jetaient souvent des pierres et autres projectiles. Il lui fut impossible de vivre simplement sous les arbres comme son guru le lui avait prescrit, et il dut trouver refuge la nuit dans les chambres d'hôtel bon marché où il fallait marchander âprement pour obtenir un prix raisonnable.

Le gardien revint, trois doigts levés, signifiant par là que pour rester sur la véranda ils devaient débourser maintenant seulement trois roupies. L'Anglais montra de nouveau les portes fermées. Cependant les négociations avaient commencé et le gardien ne tarda pas à aller chercher les clefs. La véranda se révéla plus plaisante que l'intérieur du bungalow humide et noir; l'endroit sentait la mort. Nous trouvâmes effectivement le cadavre d'un écureuil sur le sol de ce qui devait avoir été une salle à manger (il y avait encore un buffet avec des miroirs et un portrait de George V en médaillon). C'était une maison sinistre et obscure, et elle n'avait jamais pu être différente. De l'arrière de la véranda on apercevait le cimetière chrétien; et je vis, dominant toutes les autres tombes, l'ange de marbre que les Saunders avaient commandé en Italie pour le monument funéraire de leur bébé. Il me vint soudain à l'esprit que cette sombre maison devait avoir été celle-là même du Dr Saunders, le médecin-chef. Je ne m'étais pas rendu compte que Mrs. Saunders pouvait, de sa demeure, contempler la tombe de son enfant.

Certes, à cette époque, l'ange de marbre était neuf et intact – d'un blanc brillant, avec ses ailes étendues, tenant un bébé de marbre dans ses bras. Il est maintenant décapité, torse sans ailes avec un nourrisson qui a perdu son nez et un pied. Les tombes sont en très mauvais état – envahies par les mauvaises herbes et dépouillées des marbres et des grilles susceptibles d'être emportés. Une fois les tombes brisées et recouvertes d'herbes, il est étrange de constater combien ceux qu'elles abritent sont vraiment morts. Les tombes des chrétiens indiens devant le cimetière, encore entretenues par les familles, semblent par contraste curieusement vivantes, contemporaines.

☆

1923

Olivia avait toujours été très touchée par les cimetières. En Angleterre elle avait aimé y flâner, lisant les inscriptions, s'asseyant même sur une tombe de pierre sous un saule pleureur et laissant courir son imagination. Le cimetière de Satipur était particulièrement évocateur. Bien que Satipur eût toujours été une petite station aux yeux des Britanniques, ils avaient été nombreux, au fil des ans, à y finir leurs jours, et les districts voisins qui manquaient de cimetières chrétiens y envoyaient reposer leurs morts. Il s'agissait pour la plupart de tombes d'enfants ou de nouveau-nés, mais plusieurs aussi dataient de la Mutinerie, où de vaillants officiers anglais étaient tombés en défendant leurs femmes et leurs enfants. La dernière tombe était celle du bébé des Saunders, et l'ange italien était l'ultime, le plus brillant monument.

Olivia fut bouleversée la première fois qu'elle vit la tombe de cet enfant. Douglas la trouva ce soir-là étendue en travers de son lit, le visage enfoui ; elle n'avait pas permis aux domestiques de venir ouvrir les volets, aussi la pièce était-elle plongée dans l'ombre, étouffante, et Olivia baignée de larmes et de sueur.

– Oh ! Douglas, et si nous avions un enfant ? Oui, et s'il devait mourir ! s'écria-t-elle.

Il lui fallut un long moment pour la calmer. Il dut renoncer à ses dossiers pour se consacrer entièrement à elle. Il lui fit part de tout ce qu'il pouvait penser de la question. Il lui dit que, maintenant, les bébés ne mouraient plus si souvent. Lui-même était né en Inde, et sa mère y avait eu deux autres enfants et tous avaient bien grandi. Certes, bon nombre d'enfants mouraient autrefois – son arrière-grand-père avait perdu cinq de ses neuf enfants ; mais c'était dans des temps reculés.

– Et le bébé de Mrs. Saunders ?

– Cela aurait pu arriver n'importe où, chérie. Elle a eu des complications, ou quelque chose.

– J'aurai des complications. Je mourrai. L'enfant et moi, tous les deux.

Quand il tenta de protester, elle insista :

– Non, si nous restons ici, nous mourrons. Je le sais. Tu verras.

Lorsqu'elle vit l'expression de son visage, elle fit un effort pour se ressaisir. Elle essaya même de sourire. Elle leva la main pour caresser sa joue :

– Mais tu veux rester.

– C'est seulement parce que tout ceci est nouveau pour toi, dit-il avec ardeur. C'est facile pour nous autres parce que nous savons tous quoi attendre. Mais pas toi, ma pauvre chérie.

Il l'embrassa tandis qu'elle reposait contre sa poitrine.

– Tu sais, je parlais précisément de cela avec Beth Crawford. (Non, ma chérie, tu ne dois pas penser ainsi au sujet de Beth, c'est quelqu'un de bien.) Elle savait avant ta venue combien ce serait dur pour toi. Et sais-tu ce qu'elle a dit *après* ton arrivée ? Elle a dit qu'elle était sûre qu'une personne sensible et aussi intelligente que toi – tu vois qu'elle t'apprécie, chérie – se sentirait sûrement… bien ici. Que tu… – c'est ce qu'*elle* a dit –, que tu arriverais à éprouver vis-à-vis de l'Inde ce que nous ressentons tous. Olivia ? Est-ce que tu dors, ma chérie ?

Elle ne dormait pas vraiment, mais elle aimait rester là, tout contre sa poitrine, elle et lui cachés à l'intérieur de leur moustiquaire blanche. La lune s'était levée derrière le pêcher et sa lumière se répandait à travers les fenêtres ouvertes. Quand Douglas la crut endormie, il l'étreignit plus étroitement et put à peine étouffer un léger cri – comme si de la tenir ainsi dans ses bras, baignée dans la lumière du clair de lune qui la rendait scintillante, le comblait de trop de bonheur.

Le jour suivant, Olivia alla rendre visite à Mrs. Saunders. Elle apportait des fleurs, des fruits et un cœur plein de tendre pitié. Mais si les sentiments d'Olivia envers Mrs. Saunders avaient changé, Mrs. Saunders, elle, restait immuable. Elle était toujours la même femme sans attrait, étendue sur un lit dans une lugubre demeure. Olivia, toujours sensible aux atmosphères, dut lutter contre un sentiment de dégoût. Elle haïssait tant les intérieurs négligés, et celui de Mrs. Saunders l'était particulièrement ; et les domestiques étaient à l'avenant. Personne ne se soucia de mettre les jolies fleurs d'Olivia dans un vase – peut-être n'y en avait-il pas. En dehors de quelques meubles affreux et couverts de poussière, l'endroit était assez vide.

Olivia s'assit près du lit de Mrs. Saunders et écouta la description des maux qui semblaient affecter son ventre. Il lui avait toujours causé des troubles depuis la mort du bébé – ce fut la seule mention de leur deuil, Mrs. Saunders s'étalant essentiellement sur les funestes conséquences du deuil sur sa santé. En l'écoutant parler, Olivia eut une pensée indigne : les Saunders n'étaient pas – pas vraiment – des gens bien, nul ne l'avait jamais dit expressément, mais ils n'avaient pas du tout le genre des personnes que l'on rencontrait habituellement dans l'administration britannique en Inde. Sans être nullement une snob, Olivia *avait* le sens esthétique, et les détails donnés par Mrs. Saunders sur sa maladie en étaient dépourvus ; de même, l'accent de l'hôtesse – comment ne pas relever la monotonie de son débit ? – n'était pas celui d'une personne très bien élevée…

Je suis vile, *vile*, se morigéna Olivia – mais, à ce moment, Mrs. Saunders lui donna un choc en criant fort. Olivia vit en se retournant que l'un des serviteurs mal soignés était entré, portant des chaussures sales. Ce détail avait suscité l'indignation de sa maîtresse – et, bien sûr, c'était un manque de respect de la part d'un domestique que d'entrer chaussé dans une pièce, jamais Douglas ne l'aurait toléré dans leur maison. Cependant Olivia resta stupéfaite et effrayée par la réaction violente de Mrs. Saunders. Elle s'était assise sur le lit et criait comme une folle. Elle avait aussi traité le serviteur de noms grossiers. Celui-ci, prenant peur, s'enfuit. Mrs. Saunders, épuisée, laissa retomber sa tête sur l'oreiller ; pourtant son accès de colère n'était pas passé. Elle semblait éprouver le besoin de s'exprimer, ou peut-être de se justifier, se sentant confuse du mot vulgaire qui lui avait échappé. Elle dit que ces serviteurs étaient de vrais démons et qu'ils pouvaient vous rendre fous ; que ce n'était pas stupidité de leur part – au contraire ils se montraient assez intelligents quand cela servait leurs intérêts –, qu'il s'agissait d'une attitude délibérée pour tourmenter leurs maîtres. Elle donna des exemples de leurs vols, de leur ivrognerie et autres mauvaises habitudes. Elle décrivit à Olivia la crasse dans laquelle ils vivaient dans leurs logements de service – mais que pouvait-on attendre d'autre ? Tout était ainsi, et c'était la même chose partout – toute la ville, les rues, les bazars, et est-ce qu'Olivia avait jeté un œil à l'intérieur de leurs temples païens ? Mrs. Saunders poussa un gémissement, couvrant son visage de ses mains, et Olivia vit alors des larmes ruisseler à travers ses doigts tandis que de lourds sanglots faisaient tressauter sa poitrine sous la chemise de nuit. Elle éclata :

– Je lui ai demandé cent fois – je lui ai dit : Willie, partons.

Olivia redressa l'oreiller de Mrs. Saunders ; maintenant ses larmes coulaient aussi, inspirées par la pitié pour un être aussi malheureux.

Quel soulagement après cette épreuve de se trouver avec la joyeuse et vive Beth Crawford ! Elle était venue pour inviter Olivia à l'accompagner à Khatm rendre visite à la mère du Nawab. Olivia était ravie de revoir le palais, bien qu'elles fussent cette fois introduites directement dans le quartier des femmes. Cette partie du palais était aussi très élégante, quoique davantage dans le style indien, avec des sofas au ras du sol couverts de riches étoffes, et de petits miroirs dans des cadres émaillés. Trois bonnes chaises européennes avaient été disposées au centre, destinées à Mrs. Crawford, Olivia et la Bégum. Il se trouvait là quelques autres femmes, pour la plupart âgées, étendues sur les sofas éparpillés dans la pièce. Les plus jeunes virevoltaient alentour dans des soies diaphanes et servaient des sorbets et autres rafraîchissements pris sur des plateaux que les serviteurs apportaient l'un après l'autre.

Olivia ne put faire autre chose que rester perchée sur sa chaise. Elle ne pouvait prendre part à la conversation, ne connaissant pas un mot de la langue. La Bégum essaya de lui dire quelques paroles en anglais – seulement pour rire aussitôt de sa prononciation. C'était une femme d'une cinquantaine d'années qui aurait pu être belle, n'eût été une grosse verrue sur sa joue. Elle fumait sans arrêt en tirant sur un fume-cigarette. Elle se montrait très détendue et ne cachait pas qu'être assise sur une chaise lui était inconfortable. Elle n'arrêtait pas de remuer, repliant sous elle tantôt une jambe, tantôt une autre. Olivia qui adorait s'allonger aurait préféré s'étendre par terre, mais cela eût probablement été contraire à l'étiquette.

Mrs. Crawford était assise très droite ; ses genoux, gainés de bas, étaient serrés, ses mains gantées de blanc étaient croisées sur son sac posé sur ses genoux. Elle était le pivot de la scène, celle dont dépendait le succès de la visite. Elle ne se dérobait pas à ses responsabilités. Elle parlait urdu (la langue du palais), sinon parfaitement, du moins avec assurance, et était prête à offrir aux femmes une conversation, quelle qu'elle fût, que ces dernières pouvaient souhaiter entendre. Naturellement elle avait préparé les sujets les plus divers car elle passait aisément de l'un à l'autre dès que l'intérêt semblait se relâcher ou s'évanouir. La Bégum sur sa chaise et les femmes sur le sol paraissaient contentes et souvent elles riaient aux éclats en battant des mains. Chacune tenait bien son rôle – les femmes du palais aussi bien que Mrs. Crawford – et montraient qu'elle l'avait fréquemment joué. Seule Olivia, la nouvelle venue, ne pouvait y participer ; presque toute son attention était dirigée vers la porte car elle se demandait si le Nawab viendrait se joindre à elles. Mais il n'en fut rien. Exactement au bon moment, Mrs. Crawford se leva tandis que les dames s'exclamaient avec juste la pointe de dépit qu'il fallait ; après quelques protestations elles renoncèrent gracieusement et accompagnèrent leurs invitées jusqu'à une distance convenable de la porte. Olivia murmura :

– Avons-nous aussi à saluer le Nawab ?

A quoi Mrs. Crawford répliqua fermement :

– Ce ne sera pas du tout nécessaire.

Elle avança du pas de quelqu'un qui a bien rempli son devoir tandis qu'Olivia, traînant derrière elle, regardait à droite et à gauche – probablement pour admirer les fleurs du Nawab qui étaient vraiment splendides.

Après cette visite, elles roulèrent jusqu'à la maison des Minnies située juste en dehors de Khatm. Mrs. Minnies, assise à son chevalet, bondit aussitôt pour les saluer. Elle congédia son modèle – une vieille paysanne patiente – et, enlevant son tablier, le jeta de côté avec un geste de petite fille. Mrs. Crawford aussi, maintenant qu'elle se trouvait avec son amie, devenait plutôt gamine. Elle roulait comiquement des yeux en racontant où elles étaient allées, et Mrs. Minnies dit :

– Oh ! vous êtes formidable, Beth.

– Ce n'était pas trop mal, dit bravement Mrs. Crawford – et se tournant vers Olivia : N'est-ce pas ?

Elle ne voulait pas qu'elle se sentît exclue.

Mais Olivia se sentait exclue – tout autant qu'au palais. Mrs. Crawford et Mrs. Minnies étaient de si bonnes amies, toutes deux en Inde depuis tant d'années, et elles étaient joyeuses et intrépides. Probablement auraient-elles préféré se délasser et papoter ensemble, mais au lieu de cela elles se consacrèrent à Olivia. Elles avaient une quantité de conseils à lui prodiguer – comment dresser les *khas tatti*[1] pour la saison chaude, et comment apprendre à l'*ayah*[2] l'art de laver les blouses de crêpe de Chine qui ne doivent sous aucun prétexte être données au *dhobi*[3]. Olivia essayait de se montrer intéressée, mais n'y parvenait pas, et à la première occasion posa la question qui l'occupait :

– Est-ce que le Nawab est marié ?

Un silence s'ensuivit. Les deux amies n'échangèrent pas un regard et Olivia sentit que point n'était besoin car elles partageaient la même pensée. Finalement, Mrs. Crawford répondit :

– Oui, il l'est, mais sa femme ne vit pas avec lui.

Elle s'exprima de la manière directe de quelqu'un qui n'a pas l'intention de s'éterniser sur un sujet.

– Elle n'est pas très bien mentalement, ajouta-t-elle.

– Oh ! Beth, devinez ! s'exclama soudain Mrs. Minnies. J'ai eu des nouvelles de Simla et le chalet Honeysuckle est encore disponible cette année, n'est-ce pas splendide… Est-ce qu'Olivia a des plans pour Simla ?

Mrs. Crawford répondit à sa place :

– Douglas s'est enquis de nos arrangements.

– Eh bien ! il y a toujours un coin pour elle à Honeysuckle. Surtout maintenant qu'il semble bien qu'Arthur ne soit pas capable…

– Mary ! Non !

– Nous espérons encore, cependant, j'en ai peur, cela se présente mal. Mais *moi*, j'irai certainement. Je n'ai jamais vraiment peint la vue de Prospect Hill et cette année je dois le faire absolument, quoi que le Nawab puisse manigancer.

1. Rideaux tissés de feuilles de vétiver séchées, que l'on suspend aux fenêtres et qui, arrosés, rafraîchissent l'atmosphère par évaporation.

2. Femme de chambre indigène.

3. Blanchisseur indigène.

– Le Nawab ? demanda Olivia.

Après un silence, Mrs. Minnies dit à Mrs. Crawford :

– Il y a eu de nouveaux développements. Il semble qu'il soit maintenant réellement impliqué.

– Avec les *dacoïts*[1] ? Mary, c'est *affreux*. Et juste maintenant.

– On ne peut rien y changer, fit remarquer Mrs. Minnies avec sa gaieté coutumière. Nous y sommes habitués à présent. Ou nous devrions l'être. Ce fut la même chose il y a trois ans. Notre Ami semble toujours choisir le moment précis où arrivent les vacances d'Arthur. C'est devenu pour lui comme une habitude.

– Qu'est-il arrivé il y a trois ans ? demanda Olivia.

Mrs. Crawford observa une pause avant de répondre – non pas spontanément, mais comme si elle concédait à Olivia le droit de savoir :

– C'est quand il y eut toutes ces histoires au sujet de la rupture de son mariage – elle soupira, manifestement, le sujet lui était désagréable : Mary en sait davantage que moi à ce propos.

– Pas tellement plus, dit Mrs. Minnies. C'est toujours difficile de savoir ce qui se *passe*…

Il lui répugnait d'en dire plus, mais elle aussi sembla penser qu'Olivia avait le droit d'être informée :

– Le pauvre Arthur a été plutôt empêtré, tout comme le colonel Morris qui est son homologue à Cabobpur, l'État qui appartient à la famille de Sandy. Sandy est la femme du Nawab. On l'appelle toujours ainsi bien que son vrai nom soit Zahira.

– Si Arthur et le colonel Morris n'avaient pas été là, dit Mrs. Crawford, la situation aurait pu tourner en une affaire assez vilaine. Les Cabobpur étaient absolument furieux contre le Nawab.

– Mais pourquoi ? demanda Olivia. Je veux dire… ce ne pouvait pas être de sa faute… si elle était… dérangée mentalement…

– Comme dit Mary, c'est toujours difficile de savoir ce qui se passe, répondit après un nouveau silence Mrs. Crawford. Et il

1. Bandits organisés en troupes.

y avait aussi des questions de restitution de dot – tout cela a été très ennuyeux… Olivia, vous viendrez avec nous à Simla, n'est-ce pas ?

Olivia s'impatientait un peu ; elle jouait avec le fin bracelet passé autour de son bras :

– Douglas et moi en avons parlé.

– Oui, et il espère tellement que vous viendrez.

Mrs. Crawford regarda Olivia et il y avait quelque chose dans son regard – droit et ferme – qui rappelait Douglas.

– Je ne voudrais pas le laisser. Quatre *mois*, cela semble une éternité – Olivia ajouta timidement, tripotant toujours son bracelet : Cela ne fait pas si longtemps… que nous sommes ensemble.

Elle était sur le point de dire « mariés » mais « ensemble » sonnait mieux.

Les deux autres échangèrent des regards ; elles riaient. Mrs. Crawford dit :

– Nous devons vous paraître une paire de vieilles matrones endurcies.

– Oui, mais même cette vieille matrone endurcie se sentira plutôt minable si Arthur ne vient pas, fit observer Mrs. Minnies.

– Pourquoi ne pourrait-il pas ? interrogea Olivia.

– Nous avons besoin de vous, Olivia, dit Mrs. Crawford. La vie à Simla serait mortelle sans vous.

– Oh ! plutôt, renchérit Mrs. Minnies. Qui *nous* suivra sur le Mall ? Qui *nous* rendra visite à Honeysuckle ?

– Seulement les autres vieilles matrones endurcies.

Elles partirent toutes deux d'un rire de cheftaines. Olivia comprit qu'elles seraient en fait beaucoup plus heureuses sans elle, poursuivant leurs histoires de matrones et à l'aise l'une avec l'autre. Mais elles parlaient pour *son* bien.

– Est-ce que Mme Saunders vient ? s'enquit-elle.

– Non. Joan ne vient pas à Simla. Encore que cela lui ferait le plus grand bien de sortir de cette *maison*… Vous aussi, Olivia, ajouta Mrs. Crawford qui lui jeta un autre de ces regards à la Douglas.

– Mais pourquoi le major Minnies ne peut-il pas venir, si ce sont ses vacances ?

Elles semblèrent ne pas avoir entendu et commencèrent à discuter les plans pour Simla – se demandant surtout quels serviteurs elles prendraient avec elles, et lesquels resteraient derrière pour s'occuper des pauvres vieux sahibs qui devaient travailler et suer dans les plaines.

Olivia obtint l'information qu'elle voulait d'une autre source. Par une matinée morne – elle avait même abandonné le piano –, elle reçut un visiteur. C'était Harry, venu dans l'une des voitures du Nawab, conduit par le chauffeur de celui-ci. Il dit n'avoir pu résister au désir de venir se rafraîchir à l'oasis (comme il appelait sa maison). En le voyant, elle sentit que *lui* – quoique replet et peu attirant – était pour elle une oasis. Il resta toute la journée durant laquelle il évoqua beaucoup de choses qu'elle souhaitait entendre.

Au sujet de la femme du Nawab, il dit :

– Pauvre Sandy. Pauvre chose. C'était trop pour elle. *Il* était trop pour elle.

– Qui ?

Olivia lui versa un autre verre – ils buvaient du Xérès doux. Harry lui jeta un regard, puis baissa les yeux :

– C'est une personnalité très forte, très virile, très puissante. Quand il veut quelque chose, rien ne doit se mettre en travers de sa route. Jamais, jamais. Il a été Nawab depuis l'âge de quinze ans (son père est mort subitement d'une attaque). Aussi a-t-il toujours commandé, vous voyez, toujours été le chef.

Il soupira, partagé entre l'admiration et la peine.

– La famille Cabobpur ne voulait pas qu'il l'épouse, poursuivit-il. Ils sont beaucoup plus titrés, bien sûr – il ne compte pas vraiment dans ces milieux, son titre ne vaut pas grand-chose, et selon leurs critères il n'est même pas riche.

– Il a l'air riche, remarqua Olivia.

– Je l'ai rencontré d'abord à Londres. Ils étaient tous au Claridge ; il avait emmené tout le monde avec lui – c'est-à-dire tous ceux qu'il aimait et tous les serviteurs dont il avait besoin, comme Shafi qui prépare les cocktails. Les Cabobpur se trouvaient là aussi, à l'étage du dessous ; ils étaient accompagnés de tous *leurs* gens – mais après une semaine ils partirent pour Paris à cause de Sandy qui devenait amoureuse. Comme si l'on pouvait fuir quelqu'un comme lui. Le jour suivant, il était aussi à Paris. Il me dit : « Vous venez, Harry. » Il m'aimait bien, vous voyez.

– Et vous y êtes allé ?

– Je vous ai expliqué, on ne dit pas non à un tel homme – Harry ferma les yeux : Par ailleurs, Olivia, Mme Rivers… Je peux vous appeler Olivia ? Je sens que nous sommes des amis. Cela se sent entre les êtres, ne pensez-vous pas ? S'ils sont de notre genre… Olivia, il veut donner une réception.

Un ange passa. Olivia versa de nouveau du Xérès.

– Il souhaite tout particulièrement votre venue. Bien sûr, il enverra une voiture.

– Douglas est terriblement occupé.

– Il entend que vous veniez tous les deux. Il le veut absolument… C'est étrange, n'est-ce pas, vous penseriez que quelqu'un comme lui a des millions d'amis. Mais ce n'est pas le cas.

– *Vous* êtes là.

Olivia avait demandé à Douglas quelle était la place qu'occupait Harry au palais du Nawab. Avait-il une position un tant soit peu officielle, de secrétaire, par exemple ? Douglas n'avait pas paru très pressé de répondre mais, devant son insistance, avait lâché : « Il y a toujours des parasites autour de ces gens. »

Harry prit un ton confidentiel – il semblait heureux d'avoir quelqu'un avec qui il pût parler librement :

– Je désire faire tout ce que je peux pour le rendre… plus heureux. Dieu sait si j'essaie. Non seulement parce que je l'aime beaucoup, mais parce qu'il a été fantastiquement gentil avec moi. Vous ne pouvez pas vous faire une idée de sa générosité, Olivia. Il veut que ses amis aient tout, tout ce qu'il peut leur donner. C'est sa nature. Si vous ne voulez pas accepter, il se sent terriblement blessé. Comment peut-on recevoir tellement ? Cela vous fait sentir… Après tout je suis ici parce que j'ai de *l'amitié* pour lui, et pour aucune autre raison. Mais tout ce qu'il sait faire, c'est donner, donner des choses.

Son visage et sa voix exprimaient la peine.

– Mais cela signifie qu'il vous aime.

– Qui sait ? Avec lui on ne sait pas à quoi s'en tenir. Un moment, vous pensez : oui, il m'est attaché – mais l'instant suivant vous pourriez aussi bien être… quelque objet. Cela fait maintenant trois ans que je vis chez lui. Trois ans, imaginez-vous, à Khatm. Je n'ai même pas vu le Taj Mahal. Nous nous y préparons sans cesse pour aller admirer toutes sortes d'endroits – mais au dernier moment il survient toujours quelque empêchement. En général, c'est la Bégum qui ne veut pas que nous y allions… Savez-vous, je pense parfois que la seule personne dont il fasse grand cas sur cette terre est la Bégum. Il déteste être éloigné d'elle. Naturellement, sa mère… Je n'ai pas vu *ma* mère depuis trois ans. Je suis inquiet à son sujet car elle ne va pas très bien. Elle vit seule, voyez-vous, dans un petit appartement de South Ken. Bien sûr, elle veut que je rentre. Mais chaque fois que j'y fais allusion, il se contente de lui envoyer un merveilleux présent. Une fois elle lui a écrit – elle l'a remercié mais en ajoutant : « Le meilleur présent que vous puissiez m'envoyer serait le retour de mon Harry. » Il a été très touché.

– Mais il ne vous a pas laissé partir.

Harry lui lança un regard de biais. Il resta silencieux et mordit même ses lèvres. Puis il dit :

– J'espère que je ne vous ai pas donné l'impression de me plaindre.

Son ton était pincé, offensé.

Il était tard maintenant et la journée n'offrait plus d'intérêt. Elle l'avait invité à déjeuner, mais il avait très peu mangé ; apparemment, il souffrait de troubles digestifs. A présent la pièce était très chaude, étouffante, il était cependant trop tôt pour ouvrir les volets. Le Xérès était tiède et collant, de même que le parfum des fleurs dont elle avait empli ses vases (Olivia ne pouvait vivre sans fleurs). Elle souhaitait désormais que Harry s'en allât. Elle voulait que le jour se termine et que vienne la nuit, apportant avec elle le souffle frais de la brise et Douglas assis à son bureau, penché, l'air un peu sévère et sérieux, sur ses interminables dossiers.

Douglas parlait couramment l'hindoustânî. Il le fallait, puisqu'il traitait continuellement avec les Indiens et avait à charge de régler une grande variété de problèmes locaux. Bien entendu, tout son travail s'accomplissait à son bureau, ou aux tribunaux, ou sur place, aussi ce monde restait-il hors de portée d'Olivia. Cependant, parfois, à l'occasion de fêtes, quelques-unes des riches personnalités locales venaient présenter leurs respects. Elles s'assoyaient sous la véranda avec leurs présents au sahib : des paniers de fruits et des plateaux de sucreries et de noix de pistache. Ces hommes riches se ressemblaient tous : ils étaient gros, portaient des vêtements de souple mousseline immaculée, et luisaient d'huile et de bijoux. Quand Douglas sortait pour les accueillir, ils souriaient avec affectation, joignant leurs mains et paraissant tellement submergés par l'honneur qu'il leur faisait qu'ils parvenaient à peine à bégayer leur reconnaissance.

Olivia les écoutait bavarder. La voix de Douglas, ferme et virile, s'élevait au-dessus des autres. Lorsqu'il parlait, son auditoire se contentait d'émettre des murmures approbateurs. Il devait faire des plaisanteries car, de temps à autre, ils riaient poliment à l'unisson. Il semblait s'exprimer parfois avec plus de sévérité, les murmures alors se faisant très bas et pleins de soumission jusqu'à ce qu'une autre plaisanterie les fît partir d'un rire soulagé. C'était un peu comme si Douglas avait joué d'un instrument de musique dont il eût entièrement maîtrisé les registres. Il connaissait aussi le moment exact où attaquer le finale, il y avait alors un mouvement de pieds accompagné d'un dernier chœur de gratitude qui s'exhalait avec force et sincérité, exprimant une plénitude du cœur qui faisait se briser quelques voix d'émotion.

Douglas revenait en souriant. Il semblait toujours apprécier ces rencontres. Il disait : « Quel tas de coquins ! » et branlait la tête avec une indulgence amusée.

Olivia était assise à sa broderie. Elle s'était mise depuis peu à broder et se faisait la main sur un dessus de tabouret en tapisserie florale. Douglas, assis en face d'elle, commenta :

– Comme si je ne savais pas ce qu'ils mijotent tous.

– Quoi ? demanda Olivia.

– Leurs tours habituels. Ils en ont plein. Ils se croient follement astucieux, mais réellement ce sont des enfants.

Il sourit, et frappa sa pipe sur le pare-feu de cuivre.

– Oh ! non, chéri, protesta Olivia.

– Désolé, ma chérie.

Il croyait qu'elle parlait de sa pipe – il avait répandu ses cendres, étant un fumeur novice et inexpérimenté – mais il ne s'agissait pas de cela.

– Ils me paraissent très adultes.

– Vraiment ? – Il ajouta en riant : C'est très trompeur. Mais une fois qu'on les connaît – et qu'ils le savent –, eh bien, on peut avoir du bon temps avec eux. Aussi longtemps que l'on ne devient pas leur dupe. Vraiment, c'est assez amusant.

Il contempla sa tête dorée, gracieusement inclinée sur son cou blanc ; il aimait l'avoir ainsi en face de lui, brodant. Elle portait quelque chose de souple et de beige. Il restait vague pour tout ce qui touchait aux vêtements féminins et savait seulement ce qui lui plaisait, et il aimait celui-là.

– Est-ce nouveau ? demanda-t-il.

– Oh ! mon Dieu, mon chéri, tu l'as vu une centaine de fois... Pourquoi riaient-ils ? Que leur as-tu dit ?

– Je leur ai juste dit de manière détournée qu'ils étaient un tas de coquins.

– Et ils aiment qu'on les traite ainsi ?

– Si on le dit en hindoustânî, oui.

– Il *faut* que j'apprenne !

– Oui, tu dois, fit-il avec enthousiasme. C'est la seule langue dans laquelle on puisse formuler de redoutables insultes avec la courtoisie la plus fleurie... Je ne parle pas pour toi, bien sûr – il rit à cette idée avant de poursuivre : Quel choc cela leur donnerait !

– Pourquoi ? Mrs. Crawford parle hindoustânî, et Mrs. Minnies aussi.

– Oui, mais pas avec les hommes. Et elles ne disent pas des insultes mortelles. Cela reste strictement un divertissement d'hommes.

– Qu'est-ce qui ne l'est pas ? demanda Olivia.

Il tira sur sa pipe d'une manière assez satisfaite qui la fit s'écrier vivement :

– Ne fais pas cela !

Il retira la pipe de sa bouche et fixa Olivia avec surprise.

– Je te déteste avec cette chose, Douglas, expliqua-t-elle.

Bien qu'il ne comprît pas pourquoi, il s'aperçut qu'elle était contrariée et posa sa pipe.

– Je ne l'aime pas beaucoup moi-même, avoua-t-il franchement.

Il y eut un silence. Elle cessa de broder, le regard perdu, sa jolie lèvre inférieure faisant une moue boudeuse.

– Cela ira mieux une fois que tu seras à la montagne. C'est la chaleur qui t'affecte, chérie.

– Je le sais… Mais quand pourras-tu partir ?

– Ne t'occupe pas de moi. C'est de toi que nous devons prendre soin. Si je parlais à Beth aujourd'hui ? Elles pensent partir le 17 et je leur ai demandé d'avoir la gentillesse de retenir une couchette pour toi, en même temps. C'est dans le Kalka Mail – un voyage d'une nuit, mais ce ne sera pas trop dur, je te le promets.

Il était si satisfait de ces dispositions qu'il ne lui vint pas à l'esprit qu'elle pouvait ne pas l'être aussi.

– Il faut encore quatre heures pour atteindre les montagnes, mais quel voyage ! Tu l'aimeras. Le paysage, sans parler du changement de climat.

– Tu ne t'imagines pas un instant que j'irai sans toi !

– Beth Crawford y sera, et Mary Minnies. Elles s'occuperont de toi – il la regarda et dit : C'est stupide, Olivia. Mère passait quatre mois loin de Père chaque année, durant des années. D'avril à septembre. Elle n'aimait pas non plus, mais quand on est en poste dans un district c'est la seule chose à faire.

– Je n'*irai* pas, dit Olivia, assise toute droite et le regardant dans les yeux – puis elle ajouta : Le Nawab veut donner une réception pour nous.

– Très gentil à lui, fit Douglas sèchement.

Il reprit sa pipe pour la frapper contre le pare-feu.

– Oui, plutôt, dit Olivia. Il a envoyé Harry ici exprès pour nous le demander.

– Ce n'est pas tous les jours qu'une personne royale organise une fête pour de jeunes administrateurs.

– Non, mais je suppose que, tout comme nous, il s'ennuie avec nos aînés.

– Ils *nous* ennuient ?

– *Moi*, oui.

Elle le fixait toujours bien en face, mais la façon dont il lui rendait son regard la faisait vaciller – non de crainte, mais d'amour. Elle avait toujours aimé ses yeux. Ils étaient absolument clairs et énergiques – les yeux d'un garçon qui lit des récits d'aventures et s'est voué à une vie conforme à un code de courage et d'honneur.

– Pourquoi nous querellons-nous ? demanda-t-elle.

Il considéra la question un moment puis aboutit à une réponse raisonnée :

– Parce que le climat te rend irritable. Ce n'est que naturel, cela nous arrive à tous. Et naturellement c'est bien pire pour toi, qui dois rester toute la journée inoccupée à la maison. C'est pourquoi je veux que tu partes – après un moment, il ajouta : Tu sais bien que je ne le désire pas plus que toi, n'est-ce pas ?

Elle s'effondra alors complètement, ne trouvant soutien que dans ses bras puissants. Elle dit qu'elle s'ennuierait, qu'elle serait irritable, qu'elle aurait chaud, qu'elle se querellerait avec lui – d'accord ! Mais qu'elle ne voulait pas être envoyée loin de lui.

Le Nawab dit :

– Quand l'invité ne veut pas honorer la maison de son hôte, alors cette maison cesse d'être heureuse.

Bien que cette phrase sonnât probablement mieux en urdu, Olivia comprit ce qu'elle signifiait et se sentit à la fois flattée et embarrassée.

– Aussi suis-je venu, poursuivit le Nawab.

Et il étendit largement les bras pour montrer combien il était là.

Il était arrivé, comme lors de ses précédentes visites, avec toute sa compagnie, mais cette fois il refusa de rester. Non, c'était son tour, et il ne pouvait consentir une nouvelle fois à son hospitalité avant qu'elle n'eût accepté la sienne. Cela l'embarrassa davantage, car que pouvait-elle lui dire pour justifier le refus de ses invitations ? Mais, en homme qui comprend parfaitement chaque situation, il fit en sorte qu'elle n'eût rien à expliquer. Il lui dit qu'il avait parcouru tout ce chemin pour la convier à faire une petite promenade et peut-être, si elle en avait envie, un léger pique-nique en un lieu ombragé. Non, il ne pouvait – ni ne voulait – accepter qu'elle déclinât son invitation. Toute l'expédition ne prendrait pas plus d'une demi-heure, voire un quart d'heure – qu'elle le considère comme une sorte de geste *symbolique*, en guise de réparation envers lui. Il présenta l'affaire comme si toutes sortes de codes d'honneur indien compliqués étaient en jeu – et peut-être l'étaient-ils, comment allait-elle savoir ? Et elle *voulait* tant y aller !

Il était venu avec deux voitures, une Rolls et une Alfa-Roméo. Tous les jeunes gens de sa suite s'entassèrent dans l'Alfa-Roméo, tandis qu'Olivia, Harry et lui-même s'asseyaient dans la Rolls. Harry était devant avec le chauffeur. Ils dépassèrent la maison des Crawford, des Saunders, l'église et le cimetière pour se trouver ensuite en terrain découvert. Ils roulèrent longtemps. Le Nawab était étalé à côté d'elle sur les housses gris perle, une jambe croisée sur l'autre, un bras posé négligemment sur le dossier. Il ne dit pas un mot, mais fuma un grand nombre de cigarettes. La campagne qu'ils traversèrent grillait au soleil.

Elle brillait comme du verre et semblait s'étendre à l'infini. A un moment, le Nawab se pencha vers Olivia pour baisser le rideau de sa vitre, comme s'il eût voulu lui épargner la vue de toute cette terre calcinée. Mais ils étaient maintenant sur sa terre ; ils étaient sortis de Satipur pour entrer dans son État de Khatm. Personne ne dit où ils se rendaient et Olivia se sentit stupide de le demander. Le silence du Nawab la perturbait. S'ennuyait-il ou était-il de mauvaise humeur ? Mais, si tel était le cas, pourquoi avoir demandé avec insistance qu'elle l'accompagnât ? Et maintenant qu'elle l'avait suivi, elle avait le sentiment de se trouver en son pouvoir et de devoir se soumettre à quelque humeur qu'il manifestât. Sa robe, trempée de sueur, lui collait aux jambes, et elle craignait qu'elle ne fût toute froissée et ne parût affreuse lorsqu'elle sortirait.

La voiture quitta la route et s'engagea dans un chemin étroit. La conduite s'y révélait délicate, ils étaient ballottés, et Olivia s'accrochait assez désespérément à la poignée de manière à n'être pas jetée contre le Nawab. Pour plusieurs raisons à la fois, cela l'effrayait réellement. Au bout d'un moment, ils durent tous descendre et marcher, la voiture ne pouvant continuer. Le chemin se resserrait et s'élevait en pente abrupte. Le Nawab restait silencieux, se contentant d'écarter parfois quelques branches pour faciliter la marche d'Olivia. Des épines la griffèrent cependant au passage et quelques insectes la piquèrent aussi. Son chapeau de paille avait glissé de côté, elle avait très chaud et se sentait au bord des larmes. Quand elle se retourna, elle vit Harry, qui souffrait aussi de la chaleur, haleter péniblement derrière elle. Le reste de la compagnie les suivait à distance respectueuse. Le Nawab ouvrait la marche, impeccable dans ses vêtements immaculés et ses chaussures blanc et havane.

Il écarta encore quelques ronces et invita Olivia à le précéder. Ils étaient arrivés à un bosquet ombreux entourant une petite chapelle de pierre. L'atmosphère était fraîche et verte, on entendait même le murmure de l'eau. Une suite de serviteurs du palais avait déjà préparé l'endroit à leur intention. Le sol avait été couvert de tapis et de coussins sur lesquels Olivia fut invitée à s'étendre. Le Nawab et Harry l'y rejoignirent tandis que les jeunes gens étaient priés d'aller se distraire ailleurs. Les serviteurs s'affairaient, déballant les paniers à provisions et rafraîchissant les bouteilles de vin.

Le Nawab redevint charmant. Il s'excusa des conditions du voyage.

– Était-ce vraiment horrible pour vous ? Oui, certainement. Oh ! notre odieux climat indien ! Je suis vraiment, vraiment navré de ce désagrément.

– C'est joli ici, dit Olivia, terriblement soulagée, non seulement parce qu'elle se trouvait au frais et à l'aise, mais parce qu'il se montrait de nouveau aimable.

– C'est un lieu tout à fait particulier, commenta le Nawab. Mais attendez, je vous dirai ; seulement, à mon avis, nous devons d'abord prendre soin de lui ; voyez ! fit-il en désignant Harry qui s'était affalé sur une couverture, les bras écartés, la respiration haletante – Il ajouta en riant : Dans quel état il est ! C'est quelqu'un de très faible, sans doute parce que son corps est si mou. Il n'a rien d'un Anglais convenable. Non, je vais vous dire, je pense que c'est un Anglais très *inconvenant*.

Il rit de sa plaisanterie, et ses yeux et ses dents brillèrent ; mais en même temps il glissa très délicatement un coussin sous la tête de Harry qui gémit les yeux fermés :

– Cela me tue.

– Qu'est-ce qui vous tue ? Cet endroit magnifique, sacré pour mes ancêtres ? Ou peut-être est-ce notre compagnie ? – Il sourit à Olivia puis il demanda : Est-ce que vous aimez ce lieu ? Vous n'êtes pas fâchée que je vous y aie amenée ? J'aurais souhaité que Mr. Rivers puisse se joindre à nous, mais je suppose que Mr. Rivers est très occupé.

Il pointa le bout de sa langue sur ses lèvres, puis jeta un coup d'œil rapide à Olivia :

– Mr. Rivers est un Anglais convenable, déclara-t-il.

– Je sais que vous l'aimez, dit Harry, couché sur le ventre.

– Dormez ! Nous ne parlons pas avec vous, mais entre nous…

Je pense que Mr. Rivers est allé dans l'une de ces public schools ? Eton ou Rugby ? Malheureusement je n'ai pas eu cette chance. Si j'ai un fils, je crois que je l'y enverrai. Qu'en pensez-vous ? On y reçoit une très bonne éducation et une excellente discipline y est inculquée. Bien sûr, Harry n'a absolument pas aimé, il dit que c'est… qu'avez-vous dit que c'était, Harry ?

– Barbare, fit Harry avec sentiment.

– Quelle ineptie ! Ça l'est seulement pour quelqu'un comme vous parce que vous n'êtes pas convenable. Quelle est votre opinion, madame Rivers ? demanda-t-il en adressant à Olivia un autre sourire.

Il appela les jeunes gens qui vinrent en courant et, sur son invitation, se jetèrent sur Harry : l'un lui massa les jambes, un autre le cou et un troisième lui chatouilla la plante des pieds. Tous, y compris Harry, semblèrent ravis de ce jeu. Le Nawab les observait, souriant avec indulgence. Mais quand il s'aperçut qu'Olivia se sentait négligée, il se tourna vers elle et se comporta de nouveau de la même manière que lors de son dîner : avec attention, courtoisie et considération, faisant en sorte qu'elle se crût la seule personne présente qui comptât à ses yeux.

Il l'invita à l'accompagner pour aller voir la chapelle. C'était un modeste petit édifice blanchi à la chaux, surmonté d'un dôme à rainures. A l'intérieur se trouvaient des fenêtres treillagées auxquelles les visiteurs, venus prier pour l'accomplissement de leurs vœux, avaient attaché des morceaux de fil rouge. Ils avaient aussi suspendu des guirlandes de fleurs – maintenant flétries – sur un petit monticule chaulé, seul élément au centre de la chapelle. Le Nawab expliqua que celle-ci avait été construite par un de ses ancêtres en signe de gratitude envers Baba Firdaus qui avait vécu en ce lieu. Baba Firdaus était une âme pieuse, vouée à la prière et à la solitude ; l'ancêtre du Nawab, Amanullah Khan, avait été un condottiere parcourant le pays avec sa bande de brigands, pour se saisir de tout ce qu'ils pouvaient dans cette foire d'empoigne entre les Moghols, les Afghans, les Mahrattes et la Compagnie des Indes orientales. Au cours d'une longue carrière, il avait connu bien des hauts et des bas. Il avait une fois cherché refuge dans ce bosquet – tous ses hommes avaient été tués dans un affrontement et lui-même, gravement blessé, n'en avait réchappé que de justesse. Baba Firdaus l'avait caché de ses poursuivants, avait pansé ses plaies et l'avait, en lui prodiguant des soins, guéri. Des années plus tard, quand la chance lui souriait à nouveau, Amanullah Khan était retourné sur les lieux ; mais l'endroit était désert et nul ne savait ce qui était advenu du Baba, ni même s'il était mort ou vivant. Amanullah Khan ne put donc que construire cette chapelle en l'honneur du saint homme.

– Parce qu'il n'oubliait jamais un ami ou un ennemi, ajouta le Nawab, parlant de son ancêtre. Il n'oubliait jamais de rendre le bien pour le bien, le mal pour le mal. Ce n'était qu'un rude soldat, mais très droit et honorable, et un grand guerrier. Les Britanniques l'appréciaient beaucoup. Je pense que vous aimez toujours des gens comme cela ?

Il questionna Olivia du regard. Elle rit – il lui semblait étrange de se voir désignée comme le porte-parole des Anglais. Il sourit aussi et reprit :

– Oui, vous aimez les gens rudes qui combattent bien et sont le plus souvent à cheval. Plus que tout vous aimez les chevaux. Mais d'après moi, vous n'aimez pas autant les autres ?

– Quels autres ? demanda Olivia en riant.

– Par exemple, moi-même, dit-il en riant également avant de prendre un ton grave : Mais vous êtes une personne d'un type différent. Vous n'aimez pas les chevaux, n'est-ce pas ? Non. Venez ici, s'il vous plaît, je vais vous montrer quelque chose.

Il la conduisit hors de la chapelle. D'une fissure entre quelques pierres jaillissait une petite source fraîche, bouillonnante. C'était le bruit de cette source qui, mêlé au chant des oiseaux, remplissait ce vert bocage. Le Nawab s'accroupit et trempa ses doigts dans l'eau, invitant Olivia à faire de même :

– Comme c'est froid. C'est toujours ainsi. Les gens pensent que c'est miraculeux s'il y a ces arbres et cette eau froide dans un lieu aussi désertique. Pourquoi cela ? Certains disent que c'est à cause de Baba Firdaus et de sa sainte vie, d'autres parce que Amanullah Khan a payé sa dette de gratitude. Croyez-vous qu'il pourrait en être ainsi ? Qu'il s'agit d'un miracle ?

Ils étaient côte à côte. Il la regarda intensément et elle baissa les yeux sur ses mains qu'elle trempait dans l'eau. La source était fraîche et rapide, mais son débit si faible qu'elle couvrait juste ses doigts. Elle dit :

– Peut-être un très petit miracle.

Il se frappa le genou et éclata de rire :

– Oh ! madame Rivers, vous possédez un bon sens de l'humour !

Il se leva et lui tendit la main avec sollicitude, mais elle put s'en passer.

– Savez-vous, fit-il, ayant retrouvé son sérieux, que dès le premier regard j'ai su que vous étiez ce genre de personne ? Vous avouerai-je quelque chose ? C'est très curieux, je sens que je peux vous dire n'importe quoi, absolument n'importe quoi et que vous comprendrez. C'est très rare d'éprouver ce sentiment envers une autre personne, mais je l'ai avec vous. Et autre chose aussi : je ne suis pas quelqu'un qui croit beaucoup aux miracles, pas du tout même, j'ai l'esprit trop rationnel pour cela, je pense néanmoins qu'il existe des choses qui *pourraient* arriver, même si ce sont des miracles. Croyez-vous que ceci pourrait l'être ? Ah ! vous voyez, je le savais. Vous êtes beaucoup plus de la même espèce que moi que, par exemple… par exemple… Mrs. Crawford.

Ils rirent ensemble. Il la fixa droit dans les yeux.

– Vous n'êtes absolument pas comme Mrs. Crawford.

Mais il se rendit compte aussitôt qu'il l'embarrassait et la libéra de son regard intense puis, très gentiment, touchant à peine son coude, la poussa en direction des autres.

Il était maintenant d'excellente humeur et la partie commença à s'animer. Les serviteurs avaient déballé dans le bosquet sacré les paniers de poulets rôtis, de cailles et de crevettes en conserve. Les jeunes gens pleins d'entrain se distrayaient en se racontant des histoires, et en récitant parfois des poèmes quand ils ne chantaient pas en urdu. L'un d'eux avait apporté un instrument ressemblant à un luth dont il tirait des notes aigres-douces. Le luth procura aussi l'accompagnement pour le jeu des chaises musicales qu'ils préparèrent en disposant des coussins sur un rang. Il se trouva – Olivia ne sut pas si c'était par hasard ou si c'était voulu – qu'elle et le Nawab restèrent les derniers à jouer. Très, très lentement ils tournaient autour du dernier coussin, s'observant, guettant le prochain mouvement de l'adversaire. Chacun regardait, le luth résonnait. Elle crut un moment qu'il la laisserait gagner par courtoisie ; mais tout à coup – il entendit avant elle la musique s'arrêter –, il se jeta sur le seul coussin restant. Il avait gagné ! Il rit aux éclats et jeta ses bras en l'air en signe de triomphe. Il était terriblement content.

☆

8 mars. – C'est à partir de ce moment que débutent vraiment les lettres d'Olivia à Marcia. Elle lui avait écrit avant, mais épisodiquement et avec peu de détails ; et c'est seulement à dater du jour du pique-nique du Nawab qu'elle commença d'écrire, comme si se confier à quelqu'un eût été un soulagement.

Olivia ne parla jamais à Douglas du pique-nique. Elle avait eu l'intention de le faire sitôt rentrée, mais il se trouva que son mari fut retenu au bazar ce jour-là par une affaire de coup de poignard et qu'il rentra encore plus tard que d'habitude. Elle lui posa quantité de questions, et comme il aimait parler de son travail (elle n'éprouvait pas toujours de l'intérêt), le temps passa et elle n'eut pas l'occasion de lui raconter sa journée. Quand il partit le matin suivant, elle était encore endormie. Aussi, au lieu de se confier à Douglas, elle écrivit la première de ses longues lettres à Marcia. Je me demande ce que Marcia peut avoir tiré de ces lettres ; elle vivait en France à cette époque – elle avait épousé un Français, mais ils étaient séparés et Marcia menait sa vie de son côté, allant de chambre d'hôtel en chambre d'hôtel et engagée dans des relations plutôt difficiles. La vie d'Olivia en Inde devait lui sembler étrangement lointaine.

J'ai étalé les lettres d'Olivia sur mon petit bureau et je leur consacre, ainsi qu'à ce journal, mes matinées. Mes journées à Satipur se déroulent selon une routine précise. Je commence tôt parce que la ville s'éveille tôt. D'abord les cloches du temple sonnent – je suis étendue dans mon sac de couchage et je les écoute –, puis le feu est allumé et l'eau mise à bouillir chez le marchand de thé en face. L'air est frais à cette heure du matin, le ciel tendre et pâle. Chaque chose semble aussi harmonieuse que le son des cloches. Je descends au bazar acheter du lait caillé et des légumes verts frais, et après avoir préparé mon repas je m'installe, jambes croisées, sur le sol pour travailler à mes papiers.

Vers le soir je vais quelquefois à la poste, située dans ce qui fut jadis la pièce du petit déjeuner pour Olivia. Si j'y suis aux alentours de l'heure où les bureaux ferment, je me rends jusqu'à la maison des Crawford pour attendre Inder Lal. Les deux maisons – celle des Crawford et celle d'Olivia –, dont l'intérieur était autrefois si différent, ont maintenant les mêmes meubles de bureau bancals et les murs constellés des mêmes taches de bétel. Leurs jardins ont fini par se ressembler – c'est-à-dire que ce ne sont plus des jardins, mais des bouts de terrain sauvage où les employés se rassemblent à l'ombre des arbres qui y subsistent. Des marchands ambulants ont été autorisés à y vendre des pistaches et des pois chiches. Il y a des rangées de porte-bicyclettes, une bicyclette serrée dans chaque fourche.

Inder Lal a d'abord été gêné que je l'attende. Sans doute se sentait-il même un peu honteux d'être vu en ma compagnie. Je suppose que nous formons un couple étrange – je suis tellement plus grande que lui, et j'avance à grandes enjambées, oubliant toujours qu'il lui est difficile de soutenir ma cadence. Néanmoins je pense qu'il s'est désormais habitué à moi et qu'il est même assez fier qu'on le rencontre marchant avec son amie anglaise. Je crois aussi qu'à présent il aime vraiment ma compagnie. Au début, il l'appréciait uniquement car il pouvait ainsi pratiquer son anglais – il disait que c'était une occasion en or pour lui –, mais il paraît à présent goûter nos conversations. Moi, en tout cas, j'y prends plaisir. Il est très franc avec moi et me confie toutes sortes d'histoires intimes, ayant trait non seulement à sa vie, mais aussi à ses sentiments. Il ne m'a pas caché que la seule autre personne avec laquelle il pouvait s'exprimer librement était sa mère ; cependant, même avec elle… eh bien, avec une mère, il y a certaines choses dont on ne peut parler comme avec une amie.

– Et votre femme ? lui ai-je demandé une fois.

Il répondit qu'elle n'était pas très intelligente. Qu'elle n'avait pas reçu non plus beaucoup d'éducation – sa mère avait refusé qu'il épousât une fille très cultivée, prétendant qu'il n'y avait rien à en attendre que des complications. Ritu avait été choisie parce qu'elle venait d'une bonne famille et avait le teint clair. Sa mère lui avait affirmé qu'elle était jolie, mais il n'avait jamais pu se faire une opinion à ce sujet. Parfois il pensait que oui, parfois que non. Il me demanda mon avis. Je lui dis qu'elle l'était. Elle devait l'être plus jeune, quoique maintenant elle fût maigre et usée et que son visage, comme celui de son mari, exprimât toujours l'anxiété.

Il me raconta que durant les premières années de son mariage elle avait éprouvé un tel mal du pays qu'elle ne cessait pas de pleurer.

– C'était très mauvais pour sa santé, fit-il remarquer, surtout quand elle était enceinte. Mère et moi nous avons essayé de lui expliquer les choses, combien il était nécessaire pour elle de manger et d'être heureuse, mais elle ne comprenait pas. Naturellement sa santé en a souffert aussi bien que celle de l'enfant, qui est né fragile. C'est de sa faute, une personne intelligente aurait compris et fait attention.

Il fronça les sourcils et parut malheureux. Nous étions alors arrivés au lac (nous étions allés à peu près aussi loin qu'Olivia si elle s'était aventurée de ce côté : au-delà de ce point la partie indienne de la ville commençait, avec ses ruelles grouillant de monde et le bazar où je vis maintenant).

– Comment pourrais-je parler avec elle comme je le fais avec vous ? Ce n'est pas possible, elle ne comprend rien. Sa santé aussi est restée très faible.

Quelques garçons nageaient dans le lac. Ils semblaient s'amuser beaucoup. Des geysers s'élevaient lorsqu'ils sautaient dans l'eau et s'éclaboussaient les uns les autres. Inder Lal les observait avec envie. Peut-être eût-il souhaité être l'un d'eux ; ou peut-être se rappelait-il les soirées d'été, lorsqu'il venait, lui aussi, nager avec ses amis.

Cela ne devait pas faire si longtemps – c'est encore un jeune homme, mon cadet de quelques années, environ vingt-cinq ou vingt-six ans. En y regardant de plus près, on peut voir la jeunesse de son visage, mais son expression soucieuse lui donne l'air plus âgé. A notre première rencontre, il m'a paru un fonctionnaire indien typique, doux, affable et très attentif. Maintenant je m'aperçois qu'il n'est pas aussi doux et soumis que cela – ou seulement en apparence –, qu'en réalité, au fond de lui-même, il est plein de vie et aspire à toutes sortes de choses au-delà de sa portée. Ses yeux, qui sont magnifiques, mélancoliques et languissants, le trahissent.

10 mars. – J'étudie d'arrache-pied mon hindi et commence à pouvoir converser avec les gens, ce qui est un grand avantage. Je souhaiterais parler plus longuement avec Ritu, la femme d'Inder Lal, mais elle est tellement timide que même mes progrès en hindi ne me mènent pas loin. Bien que moi-même fort timide, j'essaie de ne pas l'être avec elle. Je pense que notre bonne entente repose sur moi puisque, aussi bien, je suis plus âgée et (je crois) plus forte. Il y a quelque chose de frêle, de *faible* en elle. Physiquement elle est très mince, avec des bras fins sur lesquels les bracelets glissent ; mais ce n'est pas seulement son corps qui n'est pas très énergique – j'ai l'impression que son esprit, ou est-ce que je veux dire sa volonté, ne l'est pas non plus, qu'elle est de ceux qui lâcheraient facilement. Elle essaie parfois de surmonter sa timidité et vient dans ma chambre ; quoique je bavarde désespérément dans mon affreux hindi de manière à la retenir, elle bondit soudain et se sauve. La même scène se produit quand je tente de lui rendre visite – je

l'ai vue courir se cacher dans la salle de bains à mon approche et, bien que l'endroit ne fût pas trop salubre (le travail de la petite balayeuse laisse à désirer), y rester enfermée jusqu'à mon départ.

La chaleur des jours – et des nuits – s'accroît vraiment maintenant. Dormir à l'intérieur est désagréable et chacun, la nuit, tire son lit dehors. La ville est devenue un dortoir communal. Il y a des lits de sangles en face de toutes les boutiques, et sur les toits, et dans les cours : partout où se trouve un espace ouvert. J'ai continué à dormir un temps dans ma chambre parce que je me sentais gênée de me coucher au vu de tous, mais il fait vraiment trop chaud et j'ai moi aussi traîné mon lit dans la cour où j'ai rejoint la rangée des Inder Lal. La famille de la boutique du rez-de-chaussée passe de même la nuit dans la cour, ainsi que leur petit domestique et quelques autres que je n'ai pu identifier. Aussi sommes-nous légion. Je ne mets plus de vêtements de nuit, mais dors comme une Indienne en sari.

Je suis surprise de constater combien tout est *tranquille*. Quand les Indiens dorment, ils dorment réellement. Ni les adultes ni les enfants n'ont d'heures de sommeil fixes. Lorsqu'ils sont fatigués, ils se laissent simplement tomber tout habillés sur leurs lits, ou même par terre s'ils n'en ont pas, et ne remuent plus jusqu'au lendemain. On n'entend plus de temps à autre que les sanglots de quelqu'un qui pleure dans son sommeil, ou les aboiements d'un chien – peut-être un chacal – face à la lune. Étendue, je reste éveillée pendant des heures : heureuse, en fait. Jamais je n'ai connu un tel sentiment de communion. Allongée ainsi sous le ciel, je me sens immergée dans l'espace – non pas un espace vide, car il y a tous ces gens qui dorment alentour, toute la ville, dont je fais partie. Quelle différence avec ma chambre, souvent très solitaire, de Londres où je n'avais que mes murs à regarder et mes livres à lire.

Voici quelques nuits, a résonné un son tellement étrange que je n'ai pas réagi sur le moment, je suis restée étendue là, *l'écoutant* : un hurlement aigu perçant les ténèbres. Cela ne ressemblait pas à un son humain. Ce l'était pourtant. Le temps de m'asseoir, et la mère d'Inder Lal se trouvait près du lit de Ritu, tenant sa main sur la bouche de la jeune femme. Ritu luttait, mais la belle-mère était la plus forte. Personne n'avait bougé et la mère maintenait désespérément sa pression. Je l'aidai à conduire Ritu à l'intérieur de la maison, et quand j'allumai la lumière je vis que Ritu, terrifiée, avait les yeux grands ouverts et la bouche toujours fermée par la main de la femme. Quand ces sons étranges eurent complètement cessé, la mère lâcha sa proie et Ritu s'effondra aussitôt sur le sol où elle resta accroupie, le visage enfoui dans ses genoux. Elle était tout à fait tranquille maintenant, seuls quelques spasmes secouaient de temps à autre son corps d'oiseau. La mère se dirigea vers les jarres où le riz était conservé et en éparpilla une poignée sur la tête de Ritu. Les grains rebondirent sur ses cheveux, seuls un ou deux y restèrent collés. Elle ne remuait toujours pas. La mère ouvrit et ferma sa main, qui dessinait un cercle au-dessus de cette tête inclinée, tout en faisant craquer ses jointures et en murmurant aussi quelque incantation. Bientôt Ritu se leva, souillée de larmes et épuisée, mais par ailleurs normale. Nous ressortîmes toutes les trois et nous recouchâmes sur nos lits près des autres qui n'avaient pas bougé. Le jour suivant, ni la mère ni Ritu ne firent allusion à l'incident, de sorte que, n'étaient les quelques grains de riz pris dans la chevelure de Ritu, il aurait pu ne pas avoir eu lieu.

20 mars. – Cette nuit nous a rapprochées, la mère et moi. Nous sommes devenues amies. Elle m'accompagne souvent au bazar maintenant et houspille le marchand s'il ne me donne pas les meilleurs légumes. Elle a veillé à ce que tout le monde me demande le prix juste. A présent je comprends bien mieux son hindi, et elle un peu plus le mien, encore qu'il la fasse toujours rire. Mais c'est elle qui mène la conversation et j'aime l'écouter, particulièrement quand elle me parle d'elle-même. J'ai l'impression, que, malgré son veuvage, c'est maintenant qu'elle jouit de la meilleure période de sa vie. Son opinion sur la vie conjugale ne semble pas très bonne. Elle m'a dit que les premières années

étaient toujours pénibles parce que l'on avait le mal du pays et que l'on pensait toujours à la maison paternelle ; et il est difficile de s'habituer à la nouvelle famille et à la loi de la belle-mère. Elle mentionne rarement son défunt mari, j'en déduis qu'il ne valait pas grand-chose. Elle semble très proche de son fils – c'est elle, et non pas Ritu, qui fait tout pour lui, lui sert à manger, prépare ses vêtements. Elle se sent très fière de lui parce qu'il est employé du gouvernement et travaille dans un bureau, au lieu de s'asseoir dans une boutique comme le faisait son père (qui était épicier). C'est un très grand pas en avant pour lui, et par conséquent pour elle aussi. Elle marche très certainement la tête haute dans la ville. Elle a environ cinquante ans, mais elle est forte, en bonne santé et pleine d'ardeur féminine. Contrairement à Ritu, elle ne passe pas tout son temps à la maison, mais sort avec ses amies qui sont pour la plupart de robustes veuves comme elle. Elles vont et viennent très librement dans la ville et ne se soucient pas que leur sari glisse de leur tête ou même de leur poitrine. Elles cancanent, plaisantent, rient comme des écolières ; très différentes de leurs belles-filles qui traînent parfois derrière elles, lourdement voilées et silencieuses, les yeux baissés comme des prisonnières sous bonne garde.

Depuis que nous sommes devenues amies, la mère d'Inder Lal m'a invitée à quelques-unes de ses petites balades. J'ai été présentée à toutes ses amies, y compris une sorte de leader – une autre veuve qu'elles appellent « Mâjî », bien qu'elle ne soit pas tellement plus âgée qu'elles. Mâjî est supposée détenir certains pouvoirs et, encore que j'ignore lesquels, elle me donne effectivement l'impression de posséder quelque chose de plus que les autres gens, même si ce n'est que plus de sève et de vitalité. Elle en regorge assurément. Elle vit très simplement dans une petite hutte sous un arbre. C'est un coin charmant entre un groupe de tombes royales et le lac où vont nager les garçons. Quand on m'a conduite jusqu'à elle, nous avons toutes rampé dans sa hutte et nous sommes assises sur la terre battue. J'étais contente de me trouver en compagnie de ces veuves, elles étaient si gaies et si amicales et, même si je ne participais que très peu à la conversation, je faisais force sourires et mouvements de la tête ; et quand elles commencèrent à entonner des hymnes – conduites par Mâjî qui chantait à pleine gorge, s'agitant dans son enthousiasme –, j'essayai de me joindre à elles, ce qui sembla leur plaire.

Après cela, la mère d'Inder Lal m'emmena voir les chapelles des *Satîs*[1]. Nous traversâmes le bazar, la porte de la ville et marchâmes le long d'une route poussiéreuse jusqu'à ce que nous arrivions à un réservoir. La mère d'Inder Lal me montra là un ensemble de petites chapelles sous quelques arbres. Elles n'étaient guère plus grandes que des bornes, bien que quelques-unes fussent surmontées de petits dômes. Des figures informes étaient légèrement gravées sur la pierre : probablement le mari avec la femme fidèle qui s'était brûlée sur son bûcher. J'éprouvai un sentiment étrange ; cependant, la mère d'Inder Lal joignit dévotement les mains devant les chapelles. Elle décora l'une d'elles avec une petite guirlande de roses et de soucis qu'elle avait apportée. Elle me dit que, certains jours de l'année, ses amies et elle venaient avec des douceurs, du lait et des fleurs pour adorer ces veuves qui avaient accompli le sacrifice suprême. Elle semblait vraiment pleine de respect et d'une extrême révérence pour cette ancienne coutume. Elle paraissait même regretter – cette joyeuse veuve ! – qu'elle fût abandonnée (elle avait été interdite en 1829). Elle me montra la chapelle de la dernière satî, dont je connaissais l'histoire, puisque l'événement était intervenu du temps d'Olivia. Bien que ce petit monument datât seulement de 1923, il avait l'air aussi ancien que les autres.

1. Un nom de l'épouse du dieu Shiva ; nom d'une femme fidèle et vertueuse attribué par extension aux épouses qui choisissaient de se brûler sur le bûcher funéraire de leur mari.

☆

## 1923

Mr. Crawford parti en inspection, Douglas avait la charge du district quand l'événement survint. Un marchand de grains était mort et sa famille avait forcé sa veuve à se brûler avec lui sur son bûcher. Bien que Douglas eût couru sur les lieux dès qu'il en fut averti, il était arrivé trop tard pour sauver la femme. Tout ce qu'il put faire fut d'arrêter les principaux instigateurs : les fils, les beaux-frères et un prêtre. Chacun loua Douglas pour le calme et la compétence avec lesquels il avait traité cette affaire. Même le Nawab tint à le féliciter – encore que Douglas reçût ces congratulations assez froidement, mais le Nawab ne le remarqua pas ou, s'il le fit, ne s'en offensa pas.

Olivia n'avait toujours pas parlé à Douglas du pique-nique, non plus que des visites suivantes du Nawab – il venait presque tous les deux ou trois jours maintenant, généralement avec tous ses compagnons. Non qu'elle ne souhaitât pas le lui dire – bien sûr elle le voulait ! –, mais il arrivait toujours si tard à la maison et avec tant de préoccupations qu'elle ne trouvait jamais l'occasion de le faire. Cependant, un jour, le Nawab s'attarda jusqu'à l'arrivée de Douglas. C'est une décision qu'il avait dû prendre délibérément, car il avait laissé cette fois-là tous ses jeunes gens en arrière. Si cette rencontre rendait Olivia nerveuse, c'était sans raison, car le Nawab s'y prit parfaitement. Il sauta sur ses pieds pour recevoir Douglas et tendit chaleureusement ses mains à l'anglaise. Il agit comme s'il était l'amphitryon de cette maison, dont le devoir était d'accueillir Douglas. Il précisa sur-le-champ que son but, en rendant cette visite, était de féliciter Douglas pour sa prompte action. Quand Douglas, froid et désapprobateur, fit observer qu'il eût souhaité être assez prompt pour arriver sur les lieux avant plutôt qu'après l'événement, le Nawab haussa les épaules en signe de commisération :

– Que faire, monsieur Rivers, ces gens n'apprendront jamais. Quoi que nous fassions, ils resteront toujours attachés à leurs coutumes barbares. Mais, monsieur Rivers, que de louanges partout pour vous ! Tout le monde approuve votre conduite dans cette misérable affaire.

– Vous êtes mal informé, dit Douglas, des murmures se sont élevés. Il semble que mes prisonniers – les parents de cette femme infortunée – soient, en certains endroits, regardés comme des martyrs. De légers troubles ont même eu lieu devant la prison aujourd'hui – il jeta un rapide coup d'œil à Olivia en ajoutant : Tu n'as pas à t'inquiéter. Rien que nous n'ayons pu facilement maîtriser.

– Bien entendu, vous ne devez absolument pas vous inquiéter, madame Rivers ! lui assura le Nawab. Là où est Mr. Rivers, on peut s'attendre à une autorité inflexible et une action forte. Comme cela doit être. Ces gens ne peuvent être administrés autrement. Tout le monde doit vous être reconnaissant pour votre fermeté, monsieur Rivers, dit-il en regardant Douglas d'homme à homme, sans paraître remarquer que celui-ci ne le regardait pas de la même manière.

Aussitôt qu'il revint de son inspection, Mr. Crawford donna un dîner dont le principal sujet de conversation fut encore la satî. Douglas reçut force louanges. Bien qu'embarrassé – il jouait fébrilement avec son morceau de Melba toast –, il se sentait aussi très fier, car il respectait hautement ses supérieurs et attachait la plus grande importance à leur approbation. Douglas et Olivia mis à part, les autres invités se composaient des Minnies et du Dr Saunders (Mrs. Saunders ne s'était pas sentie assez bien pour venir) : en fait toujours les mêmes, on ne comptait pas d'autres officiels anglais dans le district. Le repas aussi était égal aux précédents – la nourriture fade et pâteuse que les Crawford auraient pu manger en Angleterre, à ceci près que son aspect farineux avait été accentué par leur cuisinier indien. Cependant, la manière dont elle était servie – par des domestiques enturbannés aux larges ceintures – était assez magnifique. De même que les plats en argent : ils avaient été offerts à Mrs. Crawford par sa grand-mère, qui les avait achetés à Calcutta à la vente aux enchères des biens d'un banquier anglais failli.

Après avoir débattu du cas particulier de cette satî, les dîneurs poursuivirent en évoquant des incidents passés de même nature. Ils les tiraient moins d'expériences personnelles que d'une riche mine de souvenirs remontant à plusieurs générations, et intéressants sans doute pour ceux qui les partageaient. Ce n'était le cas ni d'Olivia ni du Dr Saunders. Celui-ci se concentrait sur son dîner, bien qu'il participât de temps à autre à la conversation par des exclamations exaspérées. Les autres, cependant, racontaient leurs anecdotes sans le moindre jugement moral, même s'ils rapportaient quelque événement horrifiant. Et non seulement ils restaient totalement impassibles, mais ils arboraient encore ce petit sourire tolérant, affectueux, ravi même, qu'Olivia commençait à bien connaître : comme de bons parents qui aimaient tous l'Inde, quelque mauvais coup qu'elle pût commettre.

– Remarquez, fit observer le major Minnies, qu'il y *a eu* des cas où les femmes voulaient vraiment être brûlées avec leur mari.

– Je n'en crois pas un mot ! intervint le Dr Saunders.

– Je ne pense pas que votre dame satî ait été particulièrement consentante.

Mr. Crawford cligna de l'œil en direction de Douglas.

– Non, dit Douglas.

Ce mot en disait long. Olivia regarda dans sa direction et demanda :

– Qu'en savez-vous ?

C'était comme une provocation et elle le voulait ainsi. Il lui avait peu parlé de la satî, désirant lui épargner les détails (qui étaient vraiment très pénibles – il devait entendre les cris de cette femme jusqu'à la fin de ses jours). Mais Olivia s'irritait d'être ménagée.

– Cela fait partie de leur religion, n'est-ce pas ? Je croyais que nous n'étions pas supposés nous en mêler.

Elle regardait son potage Windsor et surtout pas Douglas ; cependant elle poursuivit, obstinée :

– Et la religion mise à part, il s'agit de leur culture, et qui sommes-nous pour nous immiscer dans la culture de qui que ce soit, surtout lorsqu'elle est aussi ancienne que la leur ?

– Culture ! s'écria le Dr Saunders. Vous avez parlé avec ce hâbleur de Horsham !

Olivia l'ignorait, mais ses propos lui avaient rappelé ceux d'un membre du Parlement anglais qui avait traversé le district l'année précédente et s'était mis tout le monde à dos.

Toutefois, le Dr Saunders et Douglas étaient les seuls à se montrer contrariés par le discours d'Olivia. Les autres discutaient sportivement son point de vue comme s'il pouvait être pris au sérieux. Ils parlèrent de la sainteté des pratiques religieuses, prirent même en compte l'éventualité d'une satî volontaire. Ils arrivèrent cependant à la conclusion que, une fois tout dit sur le sujet, il s'agissait toujours d'un suicide, au caractère particulièrement affreux.

– Je sais, dit Olivia d'un ton pitoyable.

Elle ne désirait pas prôner l'incinération des veuves, mais c'étaient tous les autres, si sûrs – tolérants et souriants, mais *sûrs* –, qui lui faisaient adopter une autre attitude.

– C'est une idée vraiment noble en théorie, n'est-ce pas ? argua-t-elle.

Sans oser regarder dans la direction de Douglas, elle savait qu'il se tenait très droit, les lèvres minces serrées et les yeux froids. Elle continua assez désespérément :

– Je veux dire, vouloir s'en aller avec celui auquel vous tenez par-dessus tout. Ne plus vouloir vivre s'il n'est plus de ce monde.

– C'est de la sauvagerie, déclara le Dr Saunders. Comme tout le reste dans ce pays, pure barbarie et sauvagerie. J'en ai eu quelques aperçus à mon hôpital dont je ne voudrais pas vous parler, tout au moins pas devant des femmes. Les plus affreuses, horribles mutilations – et tout cela, notez-le bien, au nom de la religion. Si c'est cela la religion, alors sapristi ! – dit-il si haut avec tant de véhémence que le vieux serviteur avec sa barbe teintée au henné trembla de la tête aux pieds – je serais fier de me proclamer athée.

Le major Minnies – peut-être par galanterie – se rangea du

côté d'Olivia en racontant une anecdote qui étayait en partie sa thèse. Cet incident ne lui était pas arrivé à lui personnellement, mais, une centaine d'années auparavant, au colonel Sleeman, quand celui-ci avait la charge du district de Jabalpur. Sleeman, qui avait essayé d'empêcher une veuve de se faire satî, avait été vaincu par sa détermination à périr avec son mari.

– C'était vraiment une satî volontaire, concéda le major Minnies à Olivia. Ses fils et le reste de sa famille se joignirent au colonel Sleeman pour tenter de l'en dissuader, mais leurs prières restèrent vaines. Elle était résolue. Elle demeura assise quatre jours sur un rocher au milieu de la rivière, disant que si on ne lui permettait pas de se brûler elle se laisserait mourir de faim ; en tout cas, elle ne survivrait pas. A la fin Sleeman dut abandonner – oui, il perdit cette partie, mais je vais vous confier ceci : il parlait de cette femme avec respect. Elle n'était pas fanatique, elle n'était même pas très emphatique sur le sujet, simplement elle restait assise là, tranquille, et attendait, et disait non. Elle voulait partir avec son mari. Il y avait là quelque chose de noble, dit le major – et à présent il n'était ni tolérant ni amusé, pas le moins du monde.

– Trop noble pour moi, j'en ai peur, commenta Beth Crawford – en sa qualité d'hôtesse elle pensait probablement qu'il était opportun de changer de ton : Quel que soit mon attachement pour vous, cher homme, lança-t-elle à son mari assis de l'autre côté de la table, je ne pense pas que je pourrais m'y résoudre.

– Oh ! je pourrais ! s'écria Olivia, et avec tant de sentiment que chacun resta silencieux à l'observer.

Douglas aussi la regardait – et cette fois elle osa lever les yeux vers les siens, même s'il était fâché contre elle.

– Je voudrais… je veux dire que je ne pourrais simplement pas continuer à vivre. Je serais *reconnaissante* d'une telle coutume.

Leurs yeux se rencontrèrent. Elle vit son regard dur prendre une nuance de tendresse et sentit qu'elle partageait le même sentiment. Celui-ci devint si intense qu'elle ne put continuer à le regarder dans les yeux. Elle baissa de nouveau les siens vers son assiette et commença à couper timidement le coriace morceau de poulet dans la sauce farineuse qui avait remplacé le coriace morceau de poisson frit du plat précédent, et elle pensa que tout serait parfaitement facile à supporter et surmonter aussi longtemps que Douglas et elle éprouveraient les mêmes sentiments l'un pour l'autre.

☆

30 mars. – J'ai dû me rendre à la poste, aussi ai-je attendu ensuite comme d'habitude de rentrer avec Inder Lal. Nous étions arrivés aux tombes royales – près du lac et de la hutte de Mâjî – quand nous entendîmes des sons étranges qui sortaient de l'une d'elles. Cela ressemblait à des gémissements.

– Il vaut mieux rentrer, fit Inder Lal.

Mais quand nous atteignîmes la tombe suivante – il y en avait tout un groupe, toutes d'une famille royale du XIVe siècle –, nous parvint le même bruit derrière nous. *C'était* un gémissement. Malgré les protestations d'Inder Lal, je revins sur mes pas pour me renseigner. Je montai les marches ; bien que ces tombes n'aient pas de murs et soient protégées seulement par des arches et des treillages, elles sont très obscures à l'intérieur. Je ne pus tout d'abord distinguer que le contour imprécis d'un sarcophage au centre ; cependant, quand le gémissement se répéta, je remarquai qu'il provenait d'une autre forme affalée dans un coin. Celle-ci était humaine et revêtue de quelque chose d'orange. Je m'approchai – Inder Lal émit un cri d'avertissement de l'extérieur – et me penchai pour regarder ce qui gémissait. Je reconnus le *sâdhu* blanc, Chid, que j'avais rencontré une fois devant le gîte des voyageurs.

Il avait là tous ses biens – un baluchon, un parapluie, un chapelet et un bol à aumône – éparpillés autour de lui, et gisait appuyé contre un arc treillagé. Il y avait aussi quelques morceaux de pain sec sur un journal. Il ignorait combien de temps il était resté allongé ici – tantôt il faisait sombre, tantôt plus sombre encore. Il avait été jeté hors du campement au départ de ses deux compagnons. Il avait alors essayé de poursuivre son pèlerinage, mais, se sentant très malade sur la route, il était rentré en se traînant à Satipur. Il était toujours mal en point. Il était resté allongé là, tout seul, et personne ne l'avait importuné parce que personne ne l'avait découvert, à l'exception d'un chien paria, une fois, qui l'avait reniflé avant de s'éloigner.

– Soyez prudent, m'avertit Inder Lal, qui se tenait à une distance prudente sous une arche.

– Ça va, c'est quelqu'un que je connais.

Je touchai le front de Chid et le trouvai très chaud. Il gémit :

– J'ai soif… et faim, ajouta-t-il en tapant fort sur son estomac comme un mendiant indien pour faire entendre qu'il était creux.

Inder Lal s'était approché avec circonspection et regardait Chid :

– Pourquoi est-il habillé comme cela ? demanda-t-il.

– C'est un sâdhu, expliquai-je.

– Comment peut-il être sâdhu ?

– Il a étudié la religion hindoue.

L'intérieur de la tombe était épouvantable – il se dégageait une odeur âcre de chauve-souris, et je pense que Chid avait dû se servir assez irrespectueusement du lieu comme de latrines. Je me demandais que faire de lui : je ne pouvais le laisser là, mais où le porter ?

– Qu'a-t-il étudié ? demanda Inder Lal, maintenant très intéressé. Qu'avez-vous étudié ? le pressa-t-il. Connaissez-vous les Purânas [1] et les Brâhmanas [2] ?

Chid n'entendit pas ces questions ; il me regardait avec des yeux suppliants et fiévreux.

– Habitez-vous près d'ici ? me demanda-t-il. Je pourrais marcher si c'est *très* près.

J'étais réticente, mais l'idée de prendre Chid avec nous à la maison parut plaire à Inder Lal.

1. Ouvrages sacrés formant un ensemble composite d'enseignement général se rapportant à la cosmogonie, la théogonie, l'histoire mythique et semi-historique.

2. Recueils traitant des règles pour l'accomplissement des rites. Ils forment une partie des Védas.

10 avril. – Bien que Chid se soit remis de sa fièvre en quelques jours, il n'a manifesté nulle intention de partir. Je suppose que ma chambre doit lui sembler reposante après toutes ses pérégrinations à travers l'Inde. Cependant il n'est pas très reposant pour moi. J'ai dû mettre sous clef tous mes papiers – les lettres d'Olivia et ce journal – non parce que cela m'ennuie qu'il les lise (je ne pense d'ailleurs pas que cela l'intéresserait), mais parce qu'il les bouleverse et les laisse éparpillés avec des marques de doigts sales dessus. Ces marques de doigts se retrouvent maintenant partout dans ma chambre. Il ne fait pas secret de fouiller dans mes affaires et d'y prendre ce dont il a besoin : il m'a expliqué qu'il ne croyait pas à la propriété et qu'à son avis il était mauvais pour les gens de rester attachés à leurs biens. En fait il n'est pas très exigeant – il mange la nourriture que je prépare et se montre satisfait de tout ce qu'on lui donne. Il passe beaucoup de temps à marcher dans la ville où il est devenu une figure assez familière pour que les enfants se lassent de courir après lui. Quelques-uns des marchands l'autorisent à rester dans leurs boutiques et, assis là, les jambes croisées, il rassemble parfois tout un public en exposant sa philosophie.

Aux yeux de tout le monde, c'est un privilège pour moi de l'avoir dans ma chambre. Il semble qu'une excellente occasion m'ait été offerte d'acquérir des mérites en témoignant de la charité envers un saint homme. La question de la sainteté de Chid reste ouverte, mais, pour ce qui concerne les gens de la ville, il a fait un premier pas prometteur en se rasant la tête et en rejetant ses vêtements. Rien que pour cela ils semblent prêts à lui accorder le bénéfice de beaucoup de doutes. Je les ai vus faire de même avec de saints hommes indiens qui traversent souvent la ville avec leurs robes ocre, leurs chapelets et leurs bols à aumône. Dans l'ensemble, je les considère comme une bande de vauriens effrontés – certains manifestement drogués, d'autres aussi lascifs que possible, tous, me semble-t-il, avec un visage avide et malin. Mais lorsqu'ils passent le long des rues, quelques-uns à moitié nus, d'autres dans le plus simple appareil, frappant de leurs bâtons de pèlerins et criant le nom de Dieu comme des colporteurs annonçant leur marchandise, les habitants sortent de leurs maisons pour déposer des offrandes dans les bols à aumône qu'ils leur présentent. Chid aussi a un bol à aumône et souvent les gens lui donnent quelque chose – une banane ou un agave – qu'il mange dans le coin de ma chambre, laissant les épluchures sur le plancher. Quand je lui demande de les ramasser il le fait très humblement.

Inder Lal est fort impressionné par Chid. Dès qu'il rentre du bureau, il monte jusqu'à ma chambre où il reste assis à écouter Chid pendant des heures. Celui-ci parle des foyers d'énergie dans le corps et des exercices auxquels il faut se livrer pour les libérer. Il montre son crâne, puis se contorsionne comme pour se planter sur la base de sa colonne vertébrale ; et alors il entrelace ses mains dans l'air comme pour attirer les forces spirituelles qui peuvent s'y trouver. Tout cela commence à m'ennuyer. Il me semble que Chid a glané des bribes de connaissance spirituelle et religieuse ici et là, et étant donné qu'il n'est ni intelligent ni très éduqué, cela a fermenté en lui et le fait paraître un peu fou parfois. D'ailleurs, peut-être est-il un peu fou.

Je ne sais toujours rien à son sujet. Quelquefois il me parle de lui, mais ses récits varient et sont difficilement conciliables. De toute façon, comme ils touchent surtout au développement de sa vie spirituelle, ils relèvent plus de l'abstraction que de la sphère intime. Inder Lal me dit que c'est tout à fait normal puisque Chid n'a plus de passé. Quand quelqu'un devient un ascète hindou, toute sa vie passée – plutôt ses vies passées –, tout ce qu'il a jamais pensé ou fait ou été, est brûlé : littéralement brûlé, car un bûcher funéraire est allumé et les vêtements de l'aspirant et ses cheveux y sont consumés en une crémation symbolique. Chid ayant accompli cette cérémonie, il n'est rien d'autre, selon Inder Lal, que le sâdhu hindou que nous avons en face de nous. Toutefois, il a conservé son accent plat des Midlands qui rend tout ce qu'il dit encore plus bizarre.

Il est toujours affamé, et pas seulement de nourriture. Il a aussi terriblement besoin de faire l'amour et paraît considérer que je me dois de lui donner satisfaction en ce domaine tout comme je lui prépare à manger quand il a faim. Jamais je n'ai eu le sentiment d'être exploitée à ce point. En fait, il reconnaît que tel est le cas : il m'utilise pour atteindre un plus haut degré de conscience à travers les pouvoirs engendrés entre nous par le sexe. Je ne sais vraiment pas pourquoi je le laisse continuer. Je suis beaucoup plus grande et forte que lui et pourrais aisément le repousser. Il semble pourtant qu'il y ait réellement quelque chose, quelque émanation qui ne vient pas de lui, mais de certains pouvoirs extérieurs à lui-même. Parce qu'il est tout à fait asexué : ses joues sont imberbes à l'exception de quelques touffes de poils blonds, et il est terriblement osseux comme un garçon tout juste guéri d'une maladie. Cependant il est constamment en érection et son sexe enfle démesurément, cela me rappelle le dieu Shiva dont le membre énorme est adoré par les dévotes hindoues. A de tels moments, il me semble que son sexe est né de ses pratiques spirituelles, de tous ses chants et mantras accomplis ici, grains en main, sur le plancher de ma chambre.

15 avril. – L'histoire de la chapelle de Baba Firdaus est typique de la manière dont les choses se mêlent en Inde. Comme le Nawab l'avait expliqué à Olivia, elle avait été construite à l'origine par son ancêtre Amanullah Khan en action de grâce envers un fakir musulman qui lui avait donné refuge. Elle est maintenant consacrée aux femmes hindoues, car on croit que les offrandes qui y sont faites guérissent de la stérilité. Cependant elle ne leur est consacrée qu'un jour par an, pour une raison qui reste sujette à des interprétations variées. Selon certains, une femme stérile avait été chassée du foyer de son époux afin qu'il pût se remarier. Le jour de ce second mariage, elle alla cacher sa honte et son chagrin dans le bosquet de Baba Firdaus. Là elle eut une vision : dans neuf mois à dater de ce jour, elle accoucherait d'un enfant. Il en fut ainsi. Le jour de la fête est donc appelé *Pati ki Shadi*, ou le Jour des Noces du Mari. Mais il existe comme je l'ai dit de nombreuses autres interprétations,

toutes extrêmement différentes et même se contredisant entre elles.

Hier c'était le Jour des Noces du Mari et j'ai accompagné la mère d'Inder Lal et ses amies au lieu du pèlerinage. Nous y sommes allées dans un autobus bondé de femmes qui se rendaient toutes au même endroit. La plupart d'entre elles paraissaient âgées et le but de leur pèlerinage était manifestement, comme pour nous, de faire une agréable sortie. Chacune avait apporté beaucoup de nourriture qui fut partagée avec force plaisanteries. Quelques-unes étaient venues accompagnées de belles-filles stériles, mais celles-ci restaient silencieuses et en retrait. Ritu, qui a assez d'enfants, avait été laissée à la maison.

Je désirais depuis quelque temps visiter le bosquet de Baba Firdaus, mais je n'ai pas eu l'occasion d'en voir grand-chose hier. Ce n'était pas du tout comme j'avais imaginé l'endroit que le Nawab prisait pour ses pique-niques ! Une joyeuse petite foire s'y trouvait installée avec des manèges branlants et une roue de bois, et des rangées de voitures à bras où étaient vendus des mets couverts de mouches. D'un haut-parleur attaché à un arbre jaillissaient des chants rituels. Je ne pouvais même pas voir la chapelle de Baba Firdaus tant il y avait de gens massés autour, tous essayant de l'approcher. Nous nous joignîmes à la foule, poussant dans la même direction. Lorsque nous réussîmes à l'atteindre, transpirant et luttant dans la mêlée, il me fut impossible de penser à quoi que ce fût, sinon que je voulais participer à ce qui se passait. Et je n'ai jamais compris de quoi il s'agissait. Il y avait là un prêtre assis, recevant des offrandes. Quelques femmes – des vieilles qui ne pouvaient invoquer la bénédiction particulière du lieu – devinrent très mystiques et crièrent le nom de Dieu comme si elles en souffraient, et quelques-unes tentèrent de se prosterner malgré le manque de place. J'ignorais ce que j'étais supposée faire, mais en tout cas le seul fait d'être arrivée jusque-là me parut suffisant.

Notre petit groupe trouva refuge sous un arbre. Nous nous assîmes en cercle, mangeâmes et bûmes comme nous n'avions cessé de le faire depuis le départ. Une des vieilles raconta l'histoire d'une jeune femme qui aurait dû être opérée de ses trompes de Fallope, mais que sa belle-mère avait conduite ici à la place, après quoi elle tomba enceinte. (En fait, l'histoire finissait mal – une autre femme jeta un charme sur le mari et lui fit chasser son épouse et son nouveau-né de la maison.) On raconta encore d'autres histoires, et j'aimais les écouter, comme j'aimais me trouver ici, assise avec mes amies au milieu de ces festivités. J'avais le sentiment de faire partie de la fête – de disparaître en elle comme j'avais disparu dans la masse des adoratrices à l'intérieur de la chapelle.

Mes amies se tournèrent vers moi :

– Et vous ? Pour quoi avez-vous prié ?

Elles me taquinèrent et rirent. Je leur fis observer qu'elles m'avaient emmenée au mauvais sanctuaire – elles auraient d'abord dû me conduire là où l'on obtenait des maris, et non pas des enfants. Elles rirent de plus belle, puis elles devinrent vraiment sérieuses (c'était un sujet très grave), et peut-être moi aussi eus-je des pensées autres que d'habitude.

☆

## 1923

Le Jour des Noces du Mari était toujours un moment très difficile pour le major Minnies. La chapelle de Baba Firdaus se trouvant à l'intérieur de l'État du Nawab, le major Minnies ne pouvait faire grand-chose, excepté donner des conseils. C'est ce qu'il faisait, les multipliant au fur et à mesure qu'approchait la date, ne se laissant pas troubler par le rire du Nawab qui affirmait : « Bien sûr, bien sûr, mon cher major, ce sera comme vous le dites, pourquoi vous inquiétez-vous ? » Mais le major s'inquiétait, et non sans raison.

A cette époque, Khatm comptait encore une large proportion de musulmans (cet état de choses changea en 1947 quand ceux-ci furent tués ou émigrèrent au Pakistan). Le Nawab lui-même était musulman, comme environ la moitié de ses sujets. Nombre d'entre eux n'apprécièrent pas que la chapelle de Baba Firdaus tombât entre les mains des adorateurs hindous, et ils s'arrangeaient toujours pour créer des incidents ce jour-là. Les troubles n'intervenaient pas nécessairement au sanctuaire lui-même – deux groupes rivaux pouvaient s'affronter au bazar sous quelque prétexte futile comme une dette de jeu, et en peu de temps les passions atteignaient à cette terrible intensité que seuls les sentiments religieux peuvent susciter. Qui plus est, ces événements se passaient au moment de l'été où la chaleur ne faisait que commencer (plus tard, à mesure qu'elle s'accroissait et que la torpeur s'installait interminablement, chacun se sentait trop épuisé pour éprouver des sentiments violents). Aussi, le jour approchant, la situation devenait explosive et le major disait : « Vigilance, vigilance », et le Nawab se moquait gentiment de lui.

Certainement, durant ce premier été d'Olivia, il y eut des émeutes à Khatm le Jour des Noces du Mari. Non pas qu'Olivia en fût très informée dans son bungalow bien clos du Civil Lines : et cependant une vague inquiétude parvint même à s'insinuer dans son charmant salon jaune où elle jouait du Schumann au piano. Tout était tenu soigneusement fermé car une tempête de poussière soufflait au-dehors. Olivia ne put se concentrer longtemps sur Schumann. Elle pensait à Douglas : il essayait de ne pas le montrer, mais elle le sentait soucieux depuis des jours. Satipur était l'État voisin de Khatm et les troubles risquaient de se propager comme le feu en forêt. Les serviteurs eux-mêmes étaient agités, ils se querellaient sans cesse, et l'un d'eux s'enivra et se battit avec un autre à propos d'une femme.

Plus tard dans la matinée, Mrs. Crawford et Mrs. Minnies vinrent lui rendre visite. Elles venaient pour la rassurer. Elles lui dirent qu'il n'y avait rien à craindre à Satipur où toutes les précautions avaient été prises par Mr. Crawford et Douglas. *Ici* se déployait toute la vigilance requise ; si seulement des efforts semblables avaient été faits à Khatm comme le major Minnies en avait prié le Nawab…

– Mais ce fut la même chose l'an dernier, fit remarquer Mrs. Minnies, Arthur l'avait mis en garde, il lui avait dit et redit… douze morts et soixante-quinze blessés. Tout le bazar aux vêtements détruit – je l'ai vu une semaine plus tard, il se consumait encore. D'après Arthur, ce sera peut-être pire cette année.

– C'est criminel, dit Mrs. Crawford avec conviction. Alors qu'il pourrait si facilement le contrôler – s'il le voulait.

– Le Nawab ? demanda Olivia. Mais bien sûr qu'il le veut !

– N'oubliez pas qu'il est lui-même musulman, lui répondirent-elles.

– Oui, mais il n'est pas comme *ça* ; pas un fanatique. Juste ciel !

Elle rit à cette idée, mais leurs visages restaient sévères. Elle insista :

– Il est tellement moderne. Quoi, il est juste comme… presque comme l'un d'entre nous sur ce point. Je veux dire, il n'est pas superstitieux ni bigot du tout. Il est si complètement *émancipé*.

– Vous croyez vraiment ? interrogea sèchement Mrs. Crawford.

– Oh ! j'en suis sûre. J'ai entendu la manière dont il parlait de la satî, tout à fait comme un Anglais. Il était si dégoûté. Il l'a qualifiée de barbare.

– Naturellement, il ne pouvait pas dire autre chose, la satî est une coutume hindoue. C'est différent pour tout ce qui est musulman. Très différent.

Olivia ne les crut pas. Bien sûr elle ne pouvait pas affirmer le contraire, ni même discuter avec elles : c'était toujours l'ennui, elle ne pouvait jamais, elle n'avait pas le droit de dire quoi que ce fût parce que les autres savaient tout sur l'Inde et elle rien. Cependant elle sentait que c'était *elle* qui connaissait le Nawab, pas les autres. Pour elles, il n'était qu'une personne avec laquelle elles avaient des rapports officiels, un chef indien, mais pour elle il était… oui, un ami. Vraiment un ami.

Elle se crut contente de leur départ, mais se sentit en fait plus mal à l'aise que jamais. C'était à cause d'elles qui arrivaient avec de telles histoires pour l'effrayer, et tenaient de tels propos au sujet du Nawab. Elle marcha dans son salon, arrangeant nerveusement ses fleurs (il n'y avait à cette saison que des lauriers-roses et des jasmins aux parfums lourds comme une drogue). Impossible de jouer Schumann, elle ferma le piano. Elle commença d'écrire à Marcia, mais Marcia était à Paris, et comment *expliquer* à quelqu'un là-bas ce qui se passait ici ?

Elle entendit le bruit d'une voiture au-dehors. Le Nawab ! Son cœur battit – sous l'effet de quelle forte émotion, elle l'ignorait. Elle ouvrit la porte conduisant à la véranda et trouva les domestiques assemblés, leurs têtes rapprochées. Ils se levèrent rapidement dès qu'ils la virent. La poussière pénétra immédiatement dans ses yeux, ses narines, entre ses dents, elle soufflait par bouffées dans la pièce. « C'est moi ! » cria une voix depuis la voiture. Ce n'était pas le Nawab, mais Harry.

Il se précipita à l'intérieur avec elle, et la porte fut aussitôt refermée. Mais, rien qu'un court instant, la poussière du désert s'était déposée en une couche épaisse sur son piano et la soie jaune de ses fauteuils.

– Êtes-vous seul ? demanda-t-elle.

Il inclina la tête. Il paraissait très heureux d'être arrivé et s'assit, le visage renversé en arrière et les yeux fermés.

– Il *fallait* que je vienne ; c'était trop…

Il s'interrompit car deux serviteurs entraient. Ils époussetèrent vigoureusement les meubles. Harry et Olivia restèrent silencieux, attendant qu'ils se retirent. Quand ils disparurent, Harry sembla avoir changé d'idée sur ce qu'il allait dire ; il essaya le ton désinvolte :

– J'avais une soif ardente de l'oasis.

– Qu'arrive-t-il à Khatm ?

Il ne répondit pas, fermant de nouveau les yeux. Elle insista :

– J'entends qu'il y a des sortes… d'émeutes ? Qu'est-ce que tout cela ? Dites-moi. Non, vous devez.

Après un silence, il lança avec précipitation :

– Comment le saurais-je ? Après tout, je vis dans le palais, et rien de tout cela ne s'y passe.

– Rien de quoi ?

– Comment le saurais-je ? répéta-t-il. Je suis resté dans ma chambre toute la journée d'hier et ce matin. Que faire d'autre dans cette affreuse, horrible canicule ? Avez-vous regardé dehors ? Avez-vous *vu* à quoi ça ressemble ? Une fois que commencent ces orages de poussière, ils se poursuivent à l'infini. Pas étonnant que tout le monde devienne fou.

Il se tut un moment, comme effrayé d'en dire trop ; mais, l'instant d'après, parlant assez vite, il se confia davantage :

– Je devenais fou, enfermé dans cette pièce et pensant à ce qui se passait. Ne me demandez pas quoi ! je ne le saurais pas. C'était la même chose l'an dernier, et l'année d'avant. Mais cette année, grâce à Dieu, j'ai quelque part où aller. Quand je lui ai demandé une voiture pour me conduire ici, il a dit : « Certainement, certainement, mon cher ami. » Bien qu'il fût si… préoccupé, il a encore eu le temps de prendre des dispositions pour moi. Il a dit à son chauffeur quel chemin prendre pour nous éviter de tomber sur quelque accroc. Et rien ne s'est produit. Juste des cris provenant du bazar, mais cela pouvait être n'importe quoi, n'est-ce pas ? Quand je lui ai demandé si je ne risquais rien dans la voiture, il a dit : « Quoi, dans *ma* voiture ? » Il pensait que c'était une grosse plaisanterie. Olivia, s'il vous plaît, jouez quelque chose, n'importe quoi.

Elle s'assit au piano et commença à jouer du Schumann ; il murmura « Exquis » comme un homme recevant une boisson fraîche. Cependant, au bout d'un moment, elle sentit qu'il n'écoutait plus. Elle laissa ses mains glisser des touches sur ses genoux. Il ne remarqua même pas qu'elle s'était arrêtée.

– A y réfléchir, c'est presque pire à l'intérieur du palais, fit-il. A cause de tous ces gens qui vont et viennent, des scélérats de basse catégorie, des gens que vous ne verriez jamais au palais autrement. Mais en ce moment ils entrent et sortent comme s'ils étaient chez eux, et en sa présence, comme s'ils en avaient pleinement le droit. Et il est tellement avide de les voir et d'entendre ce qu'ils ont à dire, et s'il lui en prend l'envie il les embrasse comme des frères. Vous devriez les voir, quels types… Y a-t-il quelqu'un là-dehors ?

– Les domestiques, je pense.

Elle regarda à travers la vitre et ils étaient là, bien sûr, accroupis en groupe comme auparavant. Se sentant instinctivement observés, ils se levèrent et se dispersèrent. Elle revint et s'assit tout près de Harry, de manière qu'il pût parler plus bas.

– Et il est étrange. Je ne le vois jamais comme ça, excepté durant ces jours-là. Il est terriblement excité et semble incapable de rester en place, attendant sans cesse je ne sais quoi. Ses yeux brûlent, vraiment. Et tout le fait éclater de rire. Il se balance sur ses talons en riant – Harry ferma les yeux avant d'ajouter : Il a l'air prodigieusement beau.

Il ne le dit pas avec plaisir, mais comme si cette constatation l'épuisait.

Bien que Douglas rentrât très tard chez lui ce soir-là, Harry s'y trouvait encore. Si Douglas n'aimait pas Harry – et Olivia savait que c'était le cas –, il ne le manifesta pas et parut au contraire heureux qu'il fût venu. Il ne voulut pas entendre parler du départ de Harry à la nuit et ordonna au chauffeur du Nawab de reconduire la voiture à Khatm sans lui. Harry en sembla soulagé, il ne le fut pas moins quand il s'assit pour dîner avec eux deux à la table qu'Olivia dressait toujours si joliment avec des bougies et des fleurs.

Harry resta la nuit, et le jour suivant, et celui d'après. Olivia et lui étaient une bonne compagnie l'un pour l'autre. Ils ne se souciaient pas de la tempête de sable qui soufflait au-dehors, mais fermaient toutes les portes et fenêtres et se pelotonnaient dans les fauteuils jaunes. Olivia jouait des extraits de *I Pagliacci* et Harry chantait d'une voix exagérée, la main sur le cœur. Ils ne remarquèrent pas l'entrée de Mrs. Crawford, et quand ils la virent elle ne voulut pas qu'ils s'arrêtent, mais se joignit à eux avec une jolie voix de contralto.

– Que c'est drôle ! dit-elle, et de rire comme la belle joueuse qu'elle était.

Elle venait pour parler de Simla. Elle ne voulait pas harceler Olivia, mais elle sentait que peut-être Olivia ne comprenait pas très bien – ici elle se tourna vers Harry comme pour lui demander son appui.

Il le lui apporta :

– Vous ne devriez pas rester pendant l'été, Olivia. C'est insupportable.

– Si *vous* pouvez le supporter.

– Qui a dit que je le pouvais ?

Mais il eut alors l'air embarrassé de quelqu'un qui a exprimé ses sentiments plus qu'il ne convenait. Il essaya de plaisanter :

– Bien entendu, on a fait des milliers de plans pour partir immédiatement à Mussourie. Nous avons même empaqueté et dépaqueté plusieurs fois – il rit, bien qu'avec un tremblement nerveux. Exactement la même chose est arrivée l'an dernier, et l'année d'avant… A la fin nous ne partons jamais. La Bégum n'aime pas l'endroit, aussi continue-t-elle à repousser le départ. Ou elle ne se sent pas bien, ou les astres ne se montrent pas favorables au voyage, ou une chouette a hululé au mauvais moment. Une chose ou une autre survient immanquablement, et toujours à la dernière minute, quand nous avons tous fait nos bagages et que nous sommes prêts. Je m'y suis habitué maintenant, comme tout le monde. Une fois nous sommes vraiment partis, pendant ma première année. Il possède une maison merveilleuse là-haut – un chalet suisse avec un petit quelque chose d'une cathédrale gothique, très impressionnant. De même que la vue. On peut voir très loin jusqu'au… quel est le nom de cette montagne où Shiva est supposé s'asseoir au milieu des neiges éternelles ? Non pas que j'aie eu beaucoup de temps pour en profiter. On y a trouvé une chauve-souris morte – entre toutes les pièces possibles – dans la chambre de la Bégum et, bien sûr, c'est un terrible présage, aussi avons-nous refait nos valises et sommes-nous retournés immédiatement au palais. Dès notre arrivée ici, des cérémonies ont été célébrées pendant environ trois semaines sans interruption.

Il se tourna soudain vers Mrs. Crawford et lui dit d'une traite :

– Maman ne cesse de m'écrire pour que je revienne – elle n'est pas bien et je m'inquiète pour elle, elle habite seule dans un appartement, vous voyez, et cela fait trois ans maintenant.

– C'est long, convint Mrs. Crawford.

– Cela ne devait durer que six mois, mais chaque fois que j'évoque mon retour – à cause de ma mère principalement – cela lui déplaît. Il a horreur que les gens le quittent. C'est parce qu'il s'attache terriblement à ses amis, voilà pourquoi il se montre si… *affectionné*. Chaleureux. Il a un cœur chaleureux.

Il baissa les yeux vers le sol. Après un moment, Mrs. Crawford, femme d'esprit pratique, dit de sa voix vive :

– Vous connaissez les Ross-Milbank ? Il a été DC [1] à Cawnpore. Ils retournent en Angleterre pour les vacances – ils descendent jusqu'à Bombay pour y prendre la P & O [2], je pense que c'est le *SS Maloja* – le 4. Ils s'arrêtent en route pour séjourner une ou deux nuits chez nous. Nous *sommes* très impatients de les voir. N'est-ce pas un des grands plaisirs de l'Inde que tout ce monde qui passe vous voir de tous les coins du pays ?

– Mais, fit observer Harry, ces bateaux de la P & O ne sont-ils pas toujours complets, retenus des mois à l'avance ?

– Oh ! une simple couchette, répondit Mrs. Crawford. Et on peut toujours envoyer un câble aux Gibbon de Bombay…

– Vraiment ? demanda Harry.

Il avait l'air si heureux à cette idée qu'elle sourit.

– Vraiment et sûrement, promit-elle.

Cette nuit-là, lorsqu'ils furent au lit sous leur moustiquaire, Olivia demanda à Douglas :

– Mais, s'il est l'hôte du Nawab ?

– Eh bien ?

– Mais le Nawab a payé son voyage. Il l'a entretenu dans le luxe tout ce temps. Je ne vois pas comment il peut… s'enfuir de chez lui – elle ajouta : Avec les amis de Mrs. Crawford.

– Chérie, il *veut* partir.

– Parfois il veut, parfois il ne veut pas.

1. Deputy Commissioner : haut fonctionnaire chargé de la surveillance d'un vaste district.

2. Peninsula and Orient Line, célèbre compagnie de transports maritimes anglaise.

– C'est trop subtil pour moi. En tout cas, il devrait vouloir.

– Tu es fatigué de l'avoir ici ?

– Au contraire. Je suis heureux qu'il *soit* ici. Plus que de le savoir là-bas.

– Mais le Nawab a été si bon pour lui ! Terriblement gentil !

– Demain, j'enverrai quelqu'un pour prendre ses bagages.

– Douglas, es-tu *sûr*, mon chéri ?

Le jour suivant – un dimanche –, le Nawab vint lui-même. Olivia et Douglas étaient allés à l'église, et quand ils rentrèrent chez eux la Rolls du Nawab était garée dehors, et le Nawab lui-même était dans le salon avec Harry, encore en pyjama et robe de chambre. Ils semblaient avoir déjà eu une longue et intime conversation ensemble.

Quand le Nawab annonça qu'il était venu chercher Harry, Douglas se raidit. Le Nawab se fit plus cordial, les remercia infiniment de l'avoir accueilli et ajouta :

– Maintenant tout est tranquille à Khatm, il n'a plus besoin d'avoir peur.

Il sourit à Harry qui lui rendit timidement son sourire.

Douglas serra les mâchoires; un petit muscle travaillait quelque part, à l'intérieur. Le Nawab dit :

– Vous savez probablement que nous avons eu quelques ennuis.

Douglas regardait droit devant lui. Le Nawab et lui se tenaient debout, ils étaient de la même taille et presque de la même corpulence. Olivia et Harry, assis sur les sofas, les regardaient.

– Cela arrive chaque année, poursuivit le Nawab. Ce n'est pas grand-chose. Ils s'échauffent – puis se refroidissent, comme les saisons.

– Nous avons vu la liste des morts et des blessés, fit observer Douglas d'une voix étranglée.

– Mais pourquoi restez-vous debout ? s'écria Olivia.

Personne ne l'entendit.

– Cela arrive chaque année, répéta le Nawab. Il n'y a rien à faire.

Douglas détourna son visage. Il devait rester muet – le Nawab était un souverain indépendant, et la seule personne qui pût discuter avec lui était le major Minnies. Mais le silence de Douglas en disait long sur tout ce qu'il aurait pu ajouter et sur ce qu'il pensait.

Le Nawab se tourna vers Harry :

– Habillez-vous, nous partons.

Harry se leva aussitôt, mais avant qu'il eût quitté la pièce, Douglas annonça :

– Je crois que les Ross-Milbank sont attendus demain après-midi.

Harry s'arrêta à la porte ; le Nawab lui demanda d'un air détaché :

– Qui est-ce ? De vos amis ?

– Ils partent jeudi, continua Douglas.

– Oh ! pour Bombay ? dit le Nawab. Oui, Harry m'en a touché un mot, mais c'est annulé maintenant. Mon cher garçon, s'il vous plaît, préparez-vous. Vous ne vous attendez pas à ce que je vous conduise à la maison dans cette tenue, j'espère.

Il se tourna et sourit à Olivia. Douglas précisa à Harry :

– Mr. Crawford a eu des nouvelles de Bombay. C'est entendu pour la couchette.

Le Nawab s'assit dans un fauteuil. Il s'adossa, croisa les jambes et s'adressa à Douglas :

– Harry et moi nous en avons parlé. Tout cela est le résultat d'un malentendu. Je m'excuserai auprès de Mr. et Mrs. Crawford et les remercierai de s'être si aimablement donné du mal pour mon hôte. Je remercierai également, ajouta-t-il généreusement, Mr. et Mrs. Ross-Milbank.

Douglas ne fit aucun effort pour dissimuler qu'il parlait seulement à Harry :

– Vous vouliez partir. Votre mère est malade.

– Nous devons être très reconnaissants, enchaîna le Nawab : Mère va mieux, elle a recouvré la santé… et maintenant nous attendons avec impatience sa visite. Ma mère a écrit pour l'inviter – sa lettre est en urdu, écrite de sa propre main. Je l'ai traduite moi-même en anglais et y ai mis un post-scriptum : « Maintenant vous n'avez pas un fils, mais deux, et vos deux fils sont impatients de vous voir. »

Il s'enfonça plus profondément dans son siège et croisa les jambes dans l'autre sens, satisfait de la correction avec laquelle tout avait été réglé.

Harry respira profondément et dit à Douglas :

– Merci infiniment de m'avoir hébergé. C'est vrai, vous savez, je veux effectivement retourner au palais. Nous en avons discuté avant votre arrivée ; comme il vous l'a dit, c'est mon intention.

– Vous n'êtes pas obligé, lui lança Douglas de l'autre extrémité de la pièce.

– Je le veux, répondit Harry.

Le Nawab éclata de rire :

– Mais ne voyez-vous pas, monsieur et madame Rivers, il est comme un enfant qui ne sait pas ce qu'il désire ! Nous devons tout décider pour lui. Voyez, c'est moi qui dois lui dire de s'habiller : Harry, ceci n'est pas une tenue devant une dame, allez vous préparer et coiffez-vous soigneusement.

Il frappa d'un coup vif et moqueur la tête de Harry et tous deux sourirent comme à une vieille plaisanterie.

– Allez, dit le Nawab avec une tendre sévérité – et quand Harry fut parti il se tourna vers les deux autres et demanda très sérieusement : Savez-vous que Harry est quelqu'un de très égoïste ? – Puis il dit en soupirant : Mais que puis-je faire ? Je suis très attaché à lui maintenant, il a sa place ici.

Et il mit la main sur son cœur.

Olivia regarda rapidement Douglas. Elle fut navrée de voir qu'il restait impassible. Pour elle, la sincérité du Nawab ne faisait absolument aucun doute ; elle se sentait même un peu envieuse à l'égard de Harry qui avait inspiré un amour et une amitié aussi profonds.

☆

25 avril. – Chid et moi, nous nous sommes maintenant tous deux fondus dans le paysage : nous faisons partie de la ville, partie des gens qui vivent ici, et nous avons été complètement adoptés. La ville est habituée à accepter et assimiler toutes sortes d'éléments hétérogènes – par exemple les grandes vieilles tombes des souverains musulmans d'un côté et les petites pierres grises des satîs de l'autre. Il y a aussi les infirmes de la ville, les idiots et les mendiants à demeure. Ils sillonnent les rues, et si quelque chose d'intéressant survient ils y courent et se mêlent à la foule. Comme tout un chacun, je me suis habituée à eux – et eux à moi –, mais je dois admettre qu'au début je ne pouvais m'empêcher de me raidir un peu. Certaines maladies, même une fois guéries, laissent les gens si affreux à voir qu'ils restent jusqu'à la fin de leur vie comme des exemples vivants de toutes les horreurs qui menacent l'homme. Un de ces mendiants est un lépreux dont le mal a été jugulé, mais dont le nez, les doigts et les orteils sont tombés ; il vit dans une hutte aux environs de la ville, et on lui permet de venir mendier pourvu qu'il se tienne décemment à l'écart. Puis il y a un vieil homme qui, je pense, souffre de la danse de Saint-Guy – son corps est tordu autour d'une longue perche à l'aide de laquelle il saute, se crispant et sursautant comme une marionnette. Les pauvres et les mendiants ne sont pas les seuls affligés : l'un des marchands les plus prospères de la ville, qui est aussi usurier, souffre d'éléphantiasis, et on peut le voir assis dans sa boutique avec, posés sur un petit coussin spécial devant lui, ses testicules gonflés, au point d'atteindre la taille d'un ballon de football.

Des orages de poussière ont commencé à déferler tout le jour et toute la nuit. Des vents brûlants aspirent des colonnes de sable du désert et les répandent sur la ville ; la poussière rend l'air suffocant et tous les sens sont touchés. Les feuilles autrefois vertes, maintenant brûlées, tournoient comme des derviches. Tout le monde devient fébrile, irritable, au bord de je-ne-sais-quoi. Il est impossible de s'asseoir, de se tenir debout, de s'étendre, chaque position est inconfortable ; et l'esprit lui-même est en tumulte.

Le climat ne semble pas perturber Chid. Il reste assis pendant des heures dans la position du lotus, ses lèvres murmurent son mantra et ses doigts dévident son chapelet ; et cela continue ainsi et paraît tellement dépourvu de *contenu* que j'en deviens folle. C'est comme si toute raison et tout sens commun avaient disparu. De temps à autre, il a encore de ces monstrueuses érections et je dois le repousser (toute autre considération mise à part, il fait réellement trop *chaud*). De plus il est sale – le bain est un rituel hindou qu'il ne pratique pas –, et puisqu'il ne croit pas en la possession de biens pour lui-même, il estime que les autres ne devraient rien avoir non plus. J'ai dû commencer à cacher mon argent, encore qu'il se montre extrêmement habile à le trouver.

Aujourd'hui, il m'a tellement exaspérée que je l'ai jeté dehors. J'ai fait un baluchon de ses affaires, que j'ai lancé en bas de l'escalier. Sa timbale de cuivre a rebondi sur les marches et a été rattrapée par Ritu, qui avait choisi cet instant pour me rendre visite. Chid a rassemblé ses objets et, montant derrière elle, les a remis à leur place habituelle.

– Tu ne peux pas rester, lui ai-je dit.

Mais je ne pouvais rien ajouter à cause de Ritu. Elle se trouvait dans un état étrange. Elle s'était assise dans un coin, les genoux sous le menton, sans prononcer un seul mot. Elle paraissait effrayée – comme un petit animal sauvage qui aurait couru chercher un abri. Bien que je ne me sentisse pas en position de protéger qui que ce fût, j'essayai de me contrôler et de lui parler calmement. Je ne crois même pas qu'elle ait entendu. Elle promenait son regard tout autour de la pièce, mais semblait ne rien voir. Chid était assis les jambes croisées dans le coin opposé à celui où Ritu se tenait tapie. Ses yeux étaient clos, les grains de son chapelet glissaient le long de ses doigts, il chantait. Il me rendait folle.

– Tu ne peux pas rester ! hurlai-je.

Mais son chant l'avait transporté ailleurs – peut-être dans des contrées plus vastes, plus fraîches, plus claires, plus belles. Il se balançait légèrement, ses grains continuaient à glisser, ses lèvres à se mouvoir ; il était serein. Ritu commença à crier de la même manière que la fameuse nuit. Chid ouvrit les yeux, la fixa, puis les ferma de nouveau et reprit sa psalmodie. Tous deux haussèrent le ton – comme les dévots de deux sectes rivales, chacun tentant de prouver la supériorité de sa foi et couvrant la voix de l'autre.

30 avril. – L'état de Ritu empire à mesure que continuent les orages de chaleur et de poussière. Il faut à présent la tenir enfermée dans la pièce, et parfois des sons terribles sortent de là. Les personnes qui vivent autour de la cour y semblent tout à fait accoutumées et poursuivent leurs activités, comme si de rien n'était. Chid reste aussi totalement impassible. Il dit qu'il a vécu en Inde assez longtemps pour s'être habitué à tout. Quant à moi, je ne parviens pas à supporter ces cris. Je ne cesse de répéter à Chid : « Mais il lui faut un traitement. »

Une fois, il a annoncé :

– Elle va avoir un traitement aujourd'hui.

– Quelle sorte de traitement ? demandai-je.

– L'un d'eux va venir s'en charger.

Ce jour-là, les cris retentirent encore, mais complètement différents. Ils étaient à vous figer le sang, on eût dit ceux d'un animal en proie à une douleur physique intense. Même les voisins dans la cour s'arrêtèrent pour écouter. Chid resta calme :

– C'est son traitement, dit-il.

Il poursuivit en me faisant comprendre qu'elle était peut-être possédée par un mauvais esprit qui serait exorcisé grâce à l'application du fer rouge à diverses parties de son corps, telles que les bras et la plante des pieds.

Le jour suivant, je décidai de parler à Inder Lal au sujet d'un traitement psychiatrique. Je l'attendis à la sortie de son bureau, et, tandis que nous rentrions à la maison ensemble, j'essayai de lui en expliquer les tenants et aboutissants. « C'est une sorte de science de l'esprit », dis-je, ce qui lui plut et le rendit attentif. Il associe la science avec le progrès et avec tout ce qui est moderne et d'avant-garde qu'il a soif de connaître ; son visage prend une expression de désir silencieux dès que quelqu'un évoque ces choses.

Mais quand j'ai mentionné le « traitement » auquel Ritu a été soumise, il a changé et est devenu à la fois mélancolique et embarrassé ; il a murmuré :

– Je n'y crois pas.

– Cependant vous l'avez fait.

– Mère le voulait.

Il entreprit de la défendre, aussi bien que lui-même, en alléguant que toutes ses amies le lui avaient conseillé ; elles avaient cité nombre de cas où cela avait entraîné une guérison. Tout d'abord sa mère aussi s'était montrée réticente, puis elle avait pensé : Pourquoi ne pas essayer ?, et à la fin elle lui avait dit également : « Pourquoi pas ? » Ils avaient déjà tout tenté sans réussir à soulager les souffrances de Ritu.

A cet instant, un de ses collègues nous croisa et me salua très poliment. Ils étaient tous habitués à moi maintenant et profitaient volontiers des hasards de nos rencontres pour avoir une conversation en anglais. Naturellement je lui rendis son salut, mais Inder Lal n'apprécia pas cet échange. Il fronça les sourcils, et, quand l'homme fut hors de portée de voix, commenta :

– Pourquoi se prétend-il tellement amical ?

– Il *est* amical.

La moue d'Inder Lal s'accentua. Il s'enferma un moment dans le silence, ressassant ses pensées.

– Mais qu'a-t-il fait ?

Inder Lal me supplia de ne pas parler si fort. Il jeta un œil derrière son épaule, ce qui me fit rire.

– Vous ne savez pas, dit-il alors, le visage fermé, sous l'effet de la peur et de la suspicion. Vous ne savez pas ce que sont les gens ni ce qu'ils ont dans le cœur, même quand ils sourient de manière amicale – il ajouta en baissant la voix : Hier il y a encore eu une lettre anonyme.

– Contre vous ?

Il ne voulut pas répondre. Il marchait à mes côtés, ruminant en silence. Je déteste le voir ainsi, quand tout ce qu'il y a de clair en lui se trouve obscurci par de noirs soupçons.

2 mai. – Là où j'avais conseillé un psychiatre, Mâjî – la sainte femme et amie – a recommandé un pèlerinage. La mère d'Inder Lal et Ritu vont partir dans quelques jours ; la meilleure nouvelle est que Chid les accompagne ! Mâjî l'en a persuadé ; j'ai l'impression qu'elle l'a fait pour moi – non que je me sois jamais plainte de Chid auprès d'elle, mais elle semble deviner bien des choses.

Elle me l'a dit pendant la visite que je lui avais rendue. Nous nous sommes tout d'abord assises dans sa hutte, mais il fait si lourd maintenant à l'intérieur que nous avons rampé dehors, bien que le vent chaud soufflât toujours. La poussière tournoyait autour des tombes royales et se déposait comme un voile sur le lac. Chid était avec nous. Il vient souvent voir Mâjî – il affirme qu'il tire un grand bénéfice de sa présence. Ils forment ensemble un couple étrange. Mâjî est une paysanne d'aspect terrien ; elle est franchement forte et toujours enjouée. Chaque fois qu'elle regarde Chid, elle éclate de rire : « Brave garçon ! » s'écrie-t-elle en anglais, peut-être sont-ce là les deux seuls mots qu'elle connaisse dans cette langue. Il a l'air d'un brave garçon quand il se trouve avec elle – assis très droit dans sa pose de méditation et arborant une expression spirituelle, encore qu'assez tendue.

Mâjî m'a expliqué l'objet des pèlerinages :

– Si les gens sont très malheureux et s'ils ont l'esprit troublé, ou s'ils ont quelque grand vœu à exaucer ou une vive aspiration intérieure, alors ils partent. C'est un long voyage, tout là-haut dans l'Himalaya ; très beau, très saint. Quand elle – c'est-à-dire Ritu – reviendra, son cœur sera apaisé.

Elle tapota mes genoux – elle aime toucher les gens – et demanda :

– Aimerais-tu y aller ? – Elle ajouta en montrant Chid : Oh ! comme il aimera, ce brave garçon !

Elle rit aux éclats, puis, mettant ses deux mains sur les joues de Chid, elle les pressa tendrement.

– Iras-tu ? lui demandai-je.

Il ferma les yeux et murmura :

– *Om.*

Mâjî poursuivit :

– Toutes sortes de gens s'y rendent, de tous les coins de l'Inde. Ils voyagent pendant des semaines, des mois loin de leurs maisons pour y arriver. Sur le chemin, ils s'arrêtent dans les campements des temples, et quand ils arrivent à une rivière, ils s'y baignent. Ils voyagent très lentement, et s'ils aiment un lieu, ils y restent pour un temps et s'y reposent. A la fin, ils atteignent les montagnes et commencent à grimper. Que dire de cet endroit, ces montagnes ! s'exclama Mâjî. Oui, c'est une ascension vers le ciel. L'air est frais, il y a des brises, des nuages, des oiseaux et des arbres. Puis il n'y a plus que la neige : tout est blanc, et l'éclat du soleil est blanc lui aussi. Ils se baignent dans le fleuve glacé et approchent enfin de la caverne. Beaucoup se trouvent mal et tombent de joie, et personne ne peut se retenir, ils invoquent le Nom de leur voix la plus forte : *Jai Shiva Shankar*[1] *!* cria-t-elle aussi fort qu'elle put.

– *Jai Shiva Shankar !* répéta Chid qui s'égosillait.

– Brave garçon ! Brave garçon ! s'exclama-t-elle, en l'encourageant à faire chorus.

Cela résonnait vraiment comme en écho à travers les montagnes neigeuses qu'elle venait d'évoquer et, je dois dire, assise là au milieu de l'orage de poussière sous le ciel jaune, moi aussi j'aurais aimé être là-haut.

☆

## 1923

Mrs. Crawford et Mrs. Minnies étaient parties pour Simla. Bien que Douglas eût fait de son mieux pour persuader Olivia

1. « Vive Shiva le Bienveillant. »

de les accompagner, la décision qu'elle prit de rester le comblait de bonheur et le remplissait de gratitude. Ils passaient ensemble des soirées et des nuits pleines de charme. Pour lui, Olivia s'efforçait d'être vive et gaie. Elle avait compris que Douglas, une fois rentré, n'avait d'autre désir que de se sentir chez lui, avec elle, dans leur élégant bungalow anglais, laissant au-dehors toute la chaleur et les problèmes avec lesquels il se colletait durant la journée. Aussi n'effleurait-elle jamais aucun sujet – par exemple le Nawab – qui pût projeter sur lui l'ombre la plus légère, mais causait de tout ce qui lui venait à l'esprit et qui était sans rapport avec l'Inde. Douglas l'aima plus que jamais, si possible, à cette époque. De nature peu disert, il atteignait parfois à une telle intensité d'émotion qu'il éprouvait le besoin de l'exprimer ; mais ses sentiments trop puissants le faisaient bégayer.

Harry arrivait très tôt le matin, juste après le départ de Douglas, et toujours dans l'une des automobiles du Nawab. Olivia et lui s'asseyaient dans la voiture et roulaient jusqu'à Khatm. Bien qu'il fît très chaud tout au long du chemin poudreux, que le paysage fût désespérément plat et monotone, Olivia commençait à apprécier ces promenades matinales. Parfois elle regardait par la vitre et pensait que ce n'était pas si mal après tout – elle comprenait même comment on pouvait apprendre à aimer tout cela (en fait, elle *apprenait*) : les vastes espaces, l'immensité du ciel, la poussière, le soleil, de loin en loin un fort en ruine, ou une mosquée, ou un groupe de tombes. Cela ressemblait si peu à ce que l'on connaissait qu'on aurait pu se croire non pas dans une partie du monde à part, mais dans un monde différent, une réalité autre.

Ils passaient en général la journée dans un grand salon du palais. Il était surplombé d'une galerie couverte d'où les femmes parfois les observaient ; mais jamais Olivia ne levait la tête. Outre le Nawab et Harry, se trouvait le groupe habituel des jeunes gens allongés alentour dans de gracieuses attitudes. Ils buvaient, fumaient, jouaient aux cartes, et s'estimaient parfaitement heureux de continuer ainsi jusqu'à ce que le Nawab les eût enjoints de faire autre chose.

Un jour, le Nawab dit :

– Olivia – c'était ainsi qu'il l'appelait maintenant –, Olivia, vous jouez merveilleusement du piano, mais vous n'avez jamais touché au mien.

– Où est-il ?

Elle jeta un regard autour du salon. C'était une longue pièce de marbre, fraîche, au mobilier clairsemé, avec juste quelques meubles européens entre les piliers. Il y avait des sofas ouvragés tapissés de brocart, quelques petites tables sculptées et un bar spécialement aménagé pour le Nawab dans un pied d'éléphant ; mais pas de piano.

Le Nawab fit en riant :

– Venez, je vais vous montrer.

Il n'invita personne d'autre à le suivre. Il lui fit traverser des appartements et des couloirs. Elle ne parvenait jamais à trouver son chemin dans le palais ; non qu'il fût très grand, mais il était tortueux et plein de coins qu'elle n'avait jamais explorés – elle n'avait aucune idée de ce qui pouvait s'y passer, s'il s'y passait quelque chose. Il la conduisit dans une pièce au sous-sol qui semblait une sorte de dépôt. Et quel dépôt ! Il contenait une impressionnante quantité d'équipements photographiques qui, bien que déjà couverts de rouille, paraissaient n'avoir jamais servi ; certains étaient encore dans leur emballage d'origine. Le même sort était dévolu à quelques ensembles sanitaires modernes et à un lot de jeux tels qu'un flipper, un jeu de croquet, un stand de tir miniature, des Meccano et tout le nécessaire pour une équipe de hockey. Toutes ces choses avaient manifestement été commandées en Europe mais avaient mis si longtemps pour arriver que l'intérêt qu'elles suscitaient s'en était trouvé émoussé. Il n'y avait pas un piano, mais deux : l'un à queue, l'autre droit.

Au moment où le Nawab toucha la lourde housse qui recouvrait le grand piano, un petit animal – il ressemblait à un écureuil – s'en échappa et prit la fuite. Le Nawab n'en parut pas surpris.

– Vous aimez mes pianos ? demanda-t-il à Olivia – et il ajouta comme en s'excusant : Il n'y a personne pour en jouer.

Les touches gonflées collaient, et lorsque Olivia tenta d'en frapper quelques-unes, tout ce qu'elle obtint fut un son discordant.

– Quel dommage, dit-elle avec conviction.

– Oui. Oui, vous avez raison.

Lui aussi soudain était triste. Il se laissa tomber sur une caisse non ouverte. Après un lourd silence, il précisa :

– Ils furent commandés pour ma femme.

Olivia fit une autre tentative, mais les sons produits étaient par trop navrants.

– Peuvent-ils être réparés ? demanda-t-il.

– Si vous trouvez un bon accordeur.

– Certainement. J'enverrai chercher l'outil immédiatement.

– C'est une personne, fit remarquer Olivia. J'ai désespérément réclamé un accordeur, mais d'après Douglas, il faut le faire venir de Bombay.

– Pourquoi ne me l'avez-vous pas dit ? C'est cela que vous devez me demander. Je peux faire si peu de chose pour mes amis. Saviez-vous que j'étais marié ?

– Je l'ai entendu dire, murmura Olivia.

Il se pencha en avant.

– Qu'avez-vous entendu ?

Ses yeux scrutaient son visage qu'elle gardait baissé et, espérait-elle, vide d'expression. Néanmoins il sembla y déchiffrer quelque chose.

– Vous entendrez beaucoup d'histoires à mon sujet, poursuivit-il. Beaucoup de gens cancanent. Quoi que je fasse, il y a toujours ceux qui disent noir ce qui est blanc. Vous connaissez Murad ? (Olivia savait que c'était un des jeunes gens constamment présents, mais elle avait du mal à distinguer les uns des autres.) C'est un espion. Oh ! je le sais, et il sait que je le sais, nous nous comprenons tous les deux. Et il n'est pas le seul. Il y en a d'autres parmi les domestiques et ailleurs.

Son regard posé sur Olivia était voilé de sombres pensées. S'il la suspectait aussi – et probablement le faisait-il –, quel moyen avait-elle de se défendre ? Mais il revint aux pianos :

– Si je les fais réparer et monter à l'étage supérieur, vous viendrez jouer pour moi, Olivia ? Cela me rendrait si heureux. Sandy apprenait le sitar, mais elle s'en est lassée, alors j'ai fait envoyer les pianos. Le temps qu'ils arrivent, elle était partie. S'il vous plaît, jouez.

– Mais le son est affreux.

– Faites-le pour moi.

Il se tint derrière elle tandis qu'elle essayait de jouer un prélude de Bach. C'était un massacre, mais il balançait solennellement la tête comme s'il y prenait plaisir. Il se rapprocha en se penchant sur elle.

– Je souhaite que Sandy ait pu apprendre à jouer comme vous. Elle me manque beaucoup. Elle était supposée observer le *purdah*[1], là-haut, mais souvent elle se cachait pour venir auprès de moi. Vous savez, c'était une fille moderne, elle était allée à l'école en Suisse et tout le reste. Elle n'était pas comme nos autres femmes indiennes mais… oui, comme vous, Olivia. Elle était comme vous. Aussi belle que vous.

Olivia affrontait à présent quelques trilles complexes. Elle les joua aussi bien qu'elle put, cependant les sons qui sortaient étaient sans résonance et étranges. En tout cas, le Nawab sembla avoir perdu son intérêt pour le piano. Il se redressa avec un soupir et, quoiqu'elle fût encore au milieu de son morceau, se retourna pour partir. Elle dut s'interrompre et le suivre, s'estimant incapable de retrouver seule le chemin.

C'est environ à cette époque – celle de son amitié grandissante avec le Nawab – que Douglas et elle commencèrent à envisager sérieusement d'avoir des enfants. Tous deux le désiraient. Olivia pensait que quelqu'un d'aussi beau, d'aussi parfait que Douglas devait être reproduit en de multiples copies ! Elle le taquinait à ce sujet – elle prétendait qu'il ne l'avait épousée que pour peupler le monde d'une infinité de Douglas. Pas du tout, répondait-il, c'était des Olivia qu'il voulait – et en aussi grand nombre que possible.

1. Rideau qui dissimule les femmes aux yeux des hommes ; système de partition entre hommes et femmes.

– Oh, mais je suis unique, ne le sais-tu pas ?

– Bien sûr, tu l'es. Absolument, approuva-t-il avec enthousiasme.

Il se pencha pour embrasser ses épaules nues. Ils s'habillaient pour le dîner – ils attendaient les veufs temporaires, Mr. Crawford et le major Minnies – et Olivia était assise à sa table de toilette, vêtue d'une combinaison de soie crème, s'aspergeant généreusement d'eau de lavande.

Ils continuèrent à évoquer leurs fils. Olivia aimait penser à ces grands proconsuls – un dans l'armée, un dans les services civils comme Douglas, peut-être un politicien ? tous en Inde, naturellement –, mais il lui venait un doute :

– Et si les choses changeaient… je veux dire, que peut-il arriver avec Mr. Gandhi et ces gens ?…

Elle s'interrompit, voyant Douglas sourire derrière elle dans le miroir.

*Lui* n'avait aucun doute, et dit avec une assurance légère et amusée :

– Ils auront encore longtemps besoin de nous.

Il était en chemise et bretelles, et levait le menton pour nouer sa cravate noire.

– Et qu'adviendra-t-il d'Olivia ? demanda-t-elle, rassurée au sujet de ses fils.

Douglas n'avait pas non plus d'inquiétude pour la petite : *elle* se mariera dans une famille comme la sienne, à quelqu'un de semblable à ses frères, et deviendra comme…

– Mrs. Crawford ?

Douglas sourit de nouveau :

– Non, comme Olivia – je n'accepterai rien d'autre.

– Oh ! Olivia n'est pas parfaite, s'exclama-t-elle avec une soudaine véhémence, une sorte de dégoût envers elle-même.

Il ne remarqua pas le changement de ton. Il dit en riant :

– Elle l'est assez pour moi.

Mais, lorsqu'il essaya de lui donner un autre baiser sur l'épaule, elle se leva rapidement et commença à glisser sa robe au-dessus de sa tête.

– Ils seront bientôt là, fit-elle observer, tu devrais y aller.

Elle avait demandé qu'on transportât une table dans le jardin et l'avait joliment décorée. Les messieurs furent sensibles à toutes ces attentions féminines ; leur humeur se détendit bien que la nuit restât brûlante et qu'ils fussent, bien sûr, en smoking. Ils parlèrent des absentes. Les nouvelles de Simla étaient bonnes : Honeysuckle Cottage se révélait aussi satisfaisant que prévu et le temps était si frais qu'elles avaient même allumé du feu un soir ! Non tant parce qu'il le fallait (avait confessé Mrs. Crawford) que parce que c'était un vrai plaisir de le voir ronfler dans la belle cheminée.

– C'est un plaisir dont nous pouvons très bien nous passer ici, commenta le major Minnies en épongeant son visage brillant de transpiration.

Néanmoins il souriait, content. Il leva son verre à l'intention d'Olivia :

– Nous devons un toast à notre hôtesse restée avec nous dans notre épreuve du feu.

– Oui, vraiment, approuva Mr. Crawford, levant aussi son verre.

Douglas fit de même. Olivia vit leurs trois visages épanouis tournés vers elle.

– Oh ! absurde, murmura-t-elle, regardant ses mains posées sur la nappe.

Elle se sentait enveloppée dans leur admiration et leur gratitude. Ils burent tous le vin frais. La lune s'était levée derrière la maison, dont la silhouette se détachait comme un décor de théâtre ; les serviteurs sortaient en procession, portant le plat suivant. Le jardin exhalait le parfum d'été du jasmin et des belles-de-nuit. A sa plus lointaine extrémité, serrées contre le mur, se trouvaient les pièces des domestiques d'où provenait un son étouffé et incessant.

– Et vous, Minnies ? demanda Mr. Crawford. Quand nous quitterez-vous pour de plus frais climats ? – Le major Minnies ayant secoué la tête, il ajouta avec sympathie : Notre Ami fait toujours des siennes, n'est-ce pas ? Quelle malchance !

– Oh ! j'y suis habitué, répondit le major Minnies avec bonne humeur. J'aurais cependant souhaité que tout cela n'arrive pas en cette saison-ci. Pauvre Mary, nous n'avons pas été en vacances ensemble à Simla depuis, voyons, oui, c'était en 1919. Deux ans auparavant, nous avions eu l'affaire Cabobpur, et cette année…

Il fit un geste signifiant qu'ils savaient tous ce que c'était, *cette* année. Et certes, ils ne le savaient que trop ; excepté Olivia, qui se hasarda à demander d'une voix nerveuse :

– Est-ce toujours cette horrible chose du Jour des Noces du Mari ?

– Non, chère madame, dit le major Minnies. Le Jour des Noces du Mari est venu, et est passé. Nous nous en sommes tirés à bon compte, cette fois : seulement six tués et quarante-trois blessés. Soyons reconnaissants pour les petites grâces, amen – et, oui, prions aussi pour que nous puissions nous sortir de l'affaire dacoïts sans trop de dégâts… Je n'aimerais pas être à la place de ce garçon.

– A la place de quel garçon ? s'enquit Olivia – elle lança à Douglas, assis de l'autre côté de la table : Chéri, que fais-tu, dis-leur d'apporter une autre bouteille.

– Navré, navré, navré, s'excusa Douglas qui s'arracha à la conversation pour faire signe au maître d'hôtel.

– Notre Ami, précisa le major.

– Ils prennent l'affaire au sérieux, n'est-ce pas ? demanda Mr. Crawford.

– Très. J'ai essayé d'employer un langage modéré dans mes rapports mais, nom de nom, ce n'est pas facile de rester modéré quand on voit un souverain reconnu se changer en chef dacoït !

– Un chef dacoït !

Un véritable cri d'effroi avait jailli de la gorge d'Olivia, et elle jeta un rapide coup d'œil à Douglas, mais il n'avait rien remarqué, il était trop indigné et toute son attention était dirigée vers le major Minnies.

– Certes, nous savons tous que le garçon est ruiné, poursuivit le major Minnies, cela n'a rien de neuf. Ce qui est nouveau, c'est qu'après avoir saigné à blanc ses infortunés sujets au moyen d'extorsions plus ou moins légitimes, il adopte à présent des méthodes plus brutales. En fait, pour ne pas trop finasser, il s'agit carrément de vol qualifié.

Il se tut afin de se maîtriser. Il était réellement outré. Les autres aussi gardaient le silence. Un oiseau s'éveilla dans un arbre et lança un cri. Peut-être avait-il rêvé d'un serpent ; ou bien y *avait*-il réellement un reptile.

– Je vous envie, vous autres, dans les districts, fit le major Minnies. Vous traitez seulement avec les *banyas*[1] ou des paysans qui peuvent être, comment dirais-je ?... compréhensibles. Contrôlables.

– Quelques-uns d'entre eux sont très corrects, affirma Mr. Crawford.

– Parfaitement, convint le major – il eut encore quelque émotion à dominer avant de pouvoir continuer : Durant un temps, je fus supposé conseiller le Maharaja de Dhung. C'était quand il construisait son nouveau palais – peut-être l'avez-vous vu ? Au moins vous devez en avoir entendu parler, il a causé un grand tintamarre. Ce devait être le Versailles dernier cri. En fait, ça s'est révélé être un hideux salmigondis avec un toit en poivrier sur des colonnes doriques, mais ce n'est pas la question. La question, c'est que, au moment où Son Altesse le faisait construire, il n'y eut pas de mousson deux années de suite, et Dhung, ainsi que tous les districts environnants, se trouva sous la menace d'une famine. Son Altesse était trop prise pour le remarquer, ou pour écouter aucun d'entre nous. J'avais un mal du diable même à le voir, il était toujours tellement occupé avec les gens qu'il avait importés d'Europe. Il y avait un architecte, et un décorateur, et un *tailleur*, s'il vous plaît, de Vienne (pour les rideaux), aussi une championne de natation pour inaugurer la piscine en sous-sol... Quand je parvins enfin à déverser mes doléances dans son oreille infortunée, il m'appela vieux fossile. Il aimait ces expressions – il avait été à Eton. « Vous êtes un vieux fossile, major », dit-il. Puis, très sérieux, il se leva de toute

1. Marchands.

sa hauteur qui était d'environ un mètre cinquante, et constata : « L'ennui avec vous, mon cher ami, je suis désolé de vous le dire, est que vous n'êtes pas visionnaire. Pas du tout. » Malheureusement il se trouva que je l'étais un peu – en tout cas plus que lui – parce qu'il y eut une famine. Vous vous rappelez 1912 ?

– Terrible, dit Mr. Crawford.

– Il faut dire une chose en faveur de Dhung, fit remarquer le major Minnies, il *était* fou. C'est pire quand ils ne le sont pas. Comme notre Ami. Lorsque la nature les a si bien pourvus quant au physique, à l'intelligence, à la personnalité, tout : et *alors* les voir s'en aller à vau-l'eau… Qu'y a-t-il, chère madame ? Vous nous quittez ?

– Pour vous laisser à votre alcool et à vos cigares.

Les trois hommes se levèrent, la regardant traverser la pelouse baignée par le clair de lune. Elle entra dans la maison, mais pas dans le salon où les domestiques apportaient son café. Elle monta sur la terrasse et s'appuya pensivement contre le parapet. Elle pouvait voir au-dessous les trois hommes encore à table. Probablement, maintenant qu'elle était partie, parlaient-ils plus librement – du Nawab et de ses mystérieux méfaits. Elle se sentait étrange, étrange. Elle regarda au-delà du petit tableau qu'offraient dans son jardin trois Anglais en smoking soufflant la fumée de leurs cigares tandis que des serviteurs glissaient autour d'eux en versant les liqueurs : elle voyait, sous la lumière de la lune, la maison des Saunders, puis la flèche de la petite église et les tombes dans le cimetière et, plus loin, le paysage plat qu'elle connaissait si bien, ces kilomètres de terre brun grisâtre qui conduisaient jusqu'à Khatm.

☆

12 juin. – Je continue à recevoir des lettres de Chid. J'ai été surprise quand me parvint la première, car je ne pensais pas qu'il fût du genre à regarder en arrière ni à se souvenir des autres. Omettant toute salutation personnelle, la lettre commençait avec,

en caractères noirs : *Jai Shiva Shankar! Hari Om!* Puis il écrivait : « C'est la lumière autour de notre corps qui contrôle notre esprit. Un esprit pur, vrai, bienveillant est un lieu de parfaite BÉATITUDE. Aussi est-ce l'esprit PUR, VRAI et BIENVEILLANT – qui est le Ciel. » Presque tout le reste était du même style, hormis dans cette phrase, au milieu de la missive : « Nous sommes ici dans un *dharmasala*[1] de femmes. Un lieu pur, si l'on excepte le prêtre qui essaie de nous escroquer et de nous voler. » Il ajoutait à la fin : « J'ai oublié ma cruche, envoie-la aux bons soins de la F. Dharmasala du temple de Sri Krishna Maharaj, par paquet poste-exprès recommandé. »

Ses autres lettres sont de la même eau : de la philosophie en veux-tu, en voilà, avec au beau milieu deux considérations pratiques (ayant trait habituellement au fait d'être « escroqué et volé »), et à la fin une requête. Ce sont des documents intéressants et je les garde avec les lettres d'Olivia sur mon petit bureau. Ils composent ensemble un étrange assemblage. La calligraphie d'Olivia est claire et gracieuse, même si elle semble avoir écrit très vite, sous la dictée de ses pensées et de ses sentiments. Bien que toutes adressées à Marcia, ses lettres paraissent n'avoir été réellement qu'une manière de s'entretenir avec elle-même : elles sont si profondément intimes. La correspondance de Chid est absolument impersonnelle. Et il écrit invariablement sur ces imprimés de la poste qui constituent apparemment, avec les cartes tachées et illisibles, la masse de courrier acheminé d'un bout à l'autre de l'Inde. On dirait toujours qu'ils ont couvert de grandes distances et sont passés entre d'innombrables mains, s'imprégnant en cours de route d'innombrables taches et odeurs. Les missives d'Olivia – qui datent d'il y a plus de cinquante ans – ont l'air d'avoir été écrites hier. En vérité l'encre est pâle, mais cela peut provenir de la qualité de l'encre qu'elle avait pour habitude de mélanger avec la délicate couleur lilas et le parfum de son papier. Ce parfum semble encore s'y attarder. Quant aux lettres froissées de Chid, elles donnent

1. Campement pour pèlerins dans les temples.

l'impression d'avoir été trempées dans toutes les odeurs caractéristiques de l'Inde : les épices, l'urine, le bétel.

Inder Lal se montre toujours avide de connaître les épîtres de Chid. Il monte à ma chambre le soir, de manière que je puisse les lui lire. Il aime toute cette philosophie. Il estime que Chid est une âme très ancienne, passée à travers de nombreuses incarnations. La plupart d'entre elles ont eu lieu en Inde, c'est la raison pour laquelle Chid y est revenu dans cette vie-ci. Mais ce qu'Inder Lal ne parvient pas à comprendre, c'est pourquoi *je* suis venue. Il ne pense pas que j'aie été indienne dans une existence antérieure, pourquoi donc suis-je venue là dans celle-ci ?

J'essaie de trouver une explication pour lui. Je lui dis que beaucoup d'entre nous sont fatigués du matérialisme de l'Occident, et que même si nous n'éprouvons pas d'attirance particulière pour le message spirituel de l'Orient, nous venons ici dans l'espoir de trouver un mode de vie plus simple et plus naturel. Cette explication le heurte. Il la ressent comme une moquerie. Pourquoi des gens qui possèdent tout – voitures, réfrigérateurs – se rendraient-ils ici, dans un tel lieu, où il n'y a rien ? Il avoue qu'il éprouve devant moi de la honte à cause de la façon dont il vit. Quand j'essaie de protester, il s'exalte encore plus. Il a parfaitement conscience que selon les critères occidentaux, sa maison aussi bien que sa nourriture et sa manière de manger seraient considérées comme primitives, inadéquates – lui-même le serait également parce que son esprit non scientifique demeure ignorant du monde moderne. Oui, il sait très bien qu'il reste à la traîne pour tout ce qui touche ces sujets, et à ce propos je suis parfaitement en droit de rire de lui. Pourquoi ne rirais-je pas ? crie-t-il, sans me laisser aucune occasion de placer un mot – lui-même se sent souvent prêt à rire lorsqu'il regarde autour de lui et voit les conditions dans lesquelles vivent les hommes, tout comme les superstitions qui les habitent. Qui ne rirait pas ? ajoute-t-il en montrant la fenêtre dans l'encadrement de laquelle passe un mendiant de la ville, un jeune garçon qui ne peut se tenir debout, mais traîne la partie inférieure de son corps infirme derrière lui dans la poussière.

Qui ne voudrait rire, demande Inder Lal, à contempler pareil spectacle ?

A de tels moments, je me rappelle Karim et Kitty. J'étais allée les voir à Londres juste avant de partir en Inde. Karim est le neveu du Nawab et son héritier, et Kitty, sa femme, vient aussi de quelque famille royale indienne (ou plutôt ex-royale). Quand je téléphonai à Karim pour lui faire part de mon intention d'aller en Inde afin d'y mener des recherches sur l'histoire de Khatm, il me pria de passer à leur appartement de Knightsbridge. Il m'ouvrit lui-même la porte : « Salut », dit-il. C'était un jeune homme extrêmement beau, habillé à la dernière mode de Londres. Je ne cessai de me demander s'il ressemblait au Nawab. Probablement pas, car Karim est très mince, presque maigre, avec des traits délicats et de longs cheveux bouclés ; alors qu'on disait que le Nawab, dans sa jeunesse, était un homme bien bâti avec un visage puissant d'oiseau de proie.

Karim me fit entrer dans une pièce remplie de monde. Je pensai d'abord que j'arrivais en pleine réception, mais compris par la suite qu'il s'agissait d'amis de passage. C'était la bande de Karim et Kitty. La plupart d'entre eux étaient assis sur le sol jonché de coussins, de traversins et de couvertures. Tout était indien, y compris bon nombre des personnes présentes. Une cassette de sarode, que personne n'écoutait, formait un fond sonore agréable pour les conversations tenues sur des tons haut perchés évoquant des voix d'oiseaux. Kitty était blottie sur un sofa rouge et or, une ancienne balançoire fixée au plafond par de longues chaînes dorées. Elle aussi était habillée de vêtements londoniens élégants et décontractés – pantalon et chemise de soie – qu'elle portait avec grâce, comme un sari, sans doute était-ce la finesse de ses membres, de sa taille et de son cou, à laquelle s'ajoutait la surprenante sensualité de ses hanches, qui produisait cet effet. Elle dit aussi « Salut » puis agita vaguement sa main autour de la pièce, murmurant : « Prenez un siège. »

Je n'ai jamais compris qui étaient tous ces invités et s'ils vivaient à Londres ou n'y faisaient qu'un bref séjour. J'eus l'impression qu'ils changeaient d'endroit assez facilement et je ne parvenais pas toujours à savoir s'ils évoquaient quelque événement survenu à Bombay ou à Londres. Ils semblaient engagés dans une quantité de transactions et discutaient, en connaissance de cause, de tels trésors de famille qui pouvaient sortir de l'Inde en toute sécurité dans les bagages à main, et de tels autres pour lesquels il fallait employer d'autres moyens.

En dehors de moi, les seuls Anglais présents étaient un couple répondant au nom de Keith et de Doreen. Ils paraissaient plus grands, plus forts, plus rustres que les autres et prêtaient une attention avide – même, me parut-il, goulue – à la conversation sur les trésors de famille. Ils m'expliquèrent qu'ils étaient stylistes et allaient fabriquer, pour des boutiques, des vêtements taillés uniquement dans des tissus indiens. Ils venaient de s'associer avec Kitty et Karim : Karim les aiderait à nouer des relations et Kitty participerait à la création. Elle était, dirent-ils, très inventive.

Karim était à mes pieds, pelotonné sur un coussin. Il leva vers moi ses yeux magnifiques et me dit :

– Vous devez nous parler de vos recherches.

Quand je lui répondis que j'éprouvais un vif intérêt pour son oncle, le précédent Nawab, il s'exclama :

– N'était-il pas un mauvais garçon ?

Tous rirent; ils prétendirent que les mauvais garçons ne manquaient pas à cette époque. Ils commencèrent à raconter des histoires. Ils semblaient tous avoir eu des parents qui avaient été mêlés à des scandales dans des hôtels londoniens, avaient été destitués pour quelque affreux méfait, avaient dilapidé des fortunes ancestrales, étaient morts alcooliques, drogués ou empoisonnés par des frères nés du côté gauche. Ils évoquaient ces faits avec nostalgie :

– Dites ce que vous voulez, conclut l'un d'eux, ces temps avaient leur charme.

Ils passèrent alors à une discussion sur les temps actuels qui, eux, étaient totalement dépourvus de charme. L'Inde restait bien sûr la terre natale, mais il devenait tellement impossible d'y vivre qu'il fallait rester le plus souvent à l'étranger. Cependant tous se montraient empressés de servir l'Inde et l'eussent fait, n'était l'attitude intransigeante du gouvernement en place. Ils avaient quantité de fâcheuses expériences à relater en la matière. Une fille raconta comment sa famille avait essayé de transformer leur palais en hôtel. C'était dans une très belle région, qui offrait beaucoup de curiosités touristiques, et quelques investisseurs étrangers avaient manifesté un grand intérêt pour le projet. Mais le gouvernement indien exigeait pour tout des permis, qu'il refusait de délivrer. Par exemple, le palais était vieux, il avait été construit au XIXe siècle et, naturellement, pour le confort d'un touriste de notre temps, des ensembles sanitaires auraient dû être importés. On pouvait difficilement s'attendre à ce que de nos jours un touriste s'assoie sur une sorte de chaise percée ! Mais essayez d'expliquer ce simple détail à un secrétaire du gouvernement indien qui ne connaît qu'un seul mot : non. A la fin les investisseurs étrangers, lassés, étaient partis ailleurs. Maintenant le palais était déserté, sa toiture s'affaissait si dangereusement que la famille n'avait eu d'autre choix que de le vider de tout son contenu pour le mettre en vente à l'étranger. Il y avait là des biens sans prix – dont un chariot doré dans lequel prenait place le dieu Krishna quand, une fois l'an, se déroulait la procession – et ils s'étaient bien vendus, mais, comme chacun sait, il y a tant d'intermédiaires à payer : les marchands, les commissaires-priseurs et les gens qui ont fait sortir les choses de l'Inde.

Karim me dit qu'il avait dû aussi se débarrasser de la plupart des trésors du palais de Khatm. S'il les y avait laissés, ils auraient été détruits par les termites et les champignons. Il y avait une vaste collection de miniatures, mais personne ne s'y était intéressé ; elle n'avait jamais été cataloguée et restait enveloppée de papier dans des chambres au sous-sol. Maintenant, heureusement, la plus grande partie avait été vendue à des acheteurs étrangers, bien que Karim eût gardé quelques peintures – non tant pour leur valeur que parce qu'elles représentaient des souvenirs de famille.

– Venez, je vais vous les montrer.

Il bondit, déployant gracieusement ses longues jambes, et me conduisit dans une autre pièce. Celle-ci ressemblait à une salle de séjour, charmante et plutôt exotique, pleine de tapis et de meubles peints, mais Karim affirma que ce n'était que la sale petite tanière où Kitty et lui aimaient à venir se détendre. Ce fut là – encadré d'or sur le mur de papier rouge de la tanière de Kitty et Karim – que je vis pour la première fois le palais de Khatm. Il paraissait différent de ce à quoi il ressemble aujourd'hui, mais cette impression était sans doute due à la stylisation de l'artiste. Chaque détail était monté comme un joyau : les fleurs dans le jardin, les gouttes d'eau dans la fontaine.

Les peintures montraient des princes et des princesses engagés dans la poursuite de plaisirs variés. Les princes avaient les mêmes traits que Karim, les princesses rappelaient Kitty. Ils portaient tous une grande quantité de bijoux. Karim me dit que la plupart des joyaux de famille avaient disparu depuis longtemps – en fait, confia-t-il en souriant, le Nawab qui m'intéressait était en grande partie responsable de leur disparition. Il avait toujours besoin d'argent et ne se souciait pas de la manière dont il l'obtenait. Il avait mené une vie assez tumultueuse – il y avait eu toutes sortes de scandales – même, peut-être en avais-je entendu parler, avec une Anglaise en Inde, la femme d'un administrateur de l'ICS [1].

Je fis « oui » et passai au tableau suivant. Celui-ci, m'expliqua Karim, était le portrait du fondateur de leur lignée, Amanullah Khan (lequel s'était réfugié auprès de Baba Firdaus). Il paraissait assez respectable sur la peinture – vêtu d'une tunique fleurie, coiffé d'un turban rose, portant une longue moustache et fumant un *houka* [2] ; mais, ajouta Karim, elle le montrait à la fin de sa vie après qu'un traité avec la Compagnie des Indes orientales eut entériné ses conquêtes. Auparavant, il avait passé presque toute sa vie sur sa selle, possédant peu de choses, hormis son épée et une bande de partisans aussi rudes que lui.

– Oh, c'était un homme de caractère ! commenta Karim, parlant d'Amanullah Khan avec la même admiration qu'avait manifestée le Nawab. Il était petit et trapu avec des jambes

1. Indian Central Service.
2. Narguilé de forme primitive.

arquées de cavalier. Il terrifiait tout le monde par son redoutable tempérament. La boisson le rendait très querelleur : une fois, l'un de ses compagnons l'ayant contredit sur quelque détail, il entra dans une telle colère qu'il prit son épée et coupa le bras du pauvre diable. Juste comme ça, d'un coup. *Fichtre!* Une foule d'anecdotes circule à son sujet et on chante encore des chansons – populaires et autres – sur lui. La famille est établie là depuis 1817, qui est l'époque où nous sommes devenus les Nawabs, et si jamais j'ai envie de me présenter au Parlement, je serai élu immédiatement. Je pense quelquefois que j'aimerais – après tout, nous *sommes* indiens et souhaitons servir le pays et tout cela –, mais, vous savez, quand il nous arrive d'aller à Khatm, l'eau donne des maux de ventre à Kitty. Et, bien entendu, on ne trouve pas de bons docteurs, aussi que reste-t-il à faire sinon de retourner aussi vite que possible à l'hôtel de Bombay ? Nous pensons maintenant acheter un appartement à Bombay à cause de cette affaire que nous mettons sur pied avec Keith et Doreen. Kitty mène beaucoup de recherches sur les anciennes peintures d'Ajanta et d'autres sites, qui sont fabuleuses, et ses dessins seront inspirés de ces peintures. Ainsi, vous voyez, nous servirons notre pays à travers l'import-export.

Il me regarda de ses yeux profonds et ardents (assez semblables à ceux d'Inder Lal, devais-je découvrir plus tard). Je n'eus par la suite plus l'occasion de le rencontrer et, bien que je pense parfois à lui ici, il m'est difficile de les faire entrer, lui et Kitty, dans le cadre de Khatm ou de Satipur, ou même dans ma vision de Bombay.

☆

## 1923

Ce n'était plus Harry qui venait chercher Olivia, mais seulement le chauffeur avec la voiture. Harry n'était pas en bonne santé. Il ne pouvait pas supporter la chaleur ni la cuisine du palais, disait-il. Il ne cessait de se plaindre de l'estomac, bien que le Nawab eût entrepris de commander lui-même ses menus et que seul le chef formé à l'européenne fût autorisé à les préparer. Mais rien ne semblait convenir à Harry.

Il restait la plupart du temps dans ses appartements, où Olivia lui rendait visite. Mais il se montrait avec elle d'humeur maussade. Il lui lança même une fois très brusquement :

– Douglas ignore que vous venez à Khatm, n'est-ce pas ? – et avant qu'elle pût se ressaisir, il ajouta : Vous ne devriez pas continuer à venir. Vous ne devriez pas être ici.

– C'est ce que Douglas dit à votre propos, répliqua-t-elle. Mais il me semble que vous n'êtes vraiment pas trop mal ici.

Elle jeta un regard autour de lui pour souligner ce qu'elle entendait par là. Le Nawab avait donné à Harry son meilleur appartement. Il se composait d'une suite de pièces de marbre aux fenêtres treillagées ouvrant sur les fontaines et les jardins de roses. Il avait été décoré pour lui d'une façon charmante avec quelques très jolis meubles européens. Seules les peintures suspendues aux murs étaient indiennes. Elles provenaient de la collection de miniatures léguée par la famille du Nawab et représentaient surtout des scènes à caractère érotique : princes se prélassant dans des charmilles, princesses préparées pour des délices nuptiales.

– Avez-vous remarqué quelque chose ? poursuivit Harry. Vous n'êtes jamais conduite auprès de la Bégum et de ses femmes.

– Je les *ai* rencontrées, merci – elle ajouta avec un rire forcé : C'était dur à supporter.

– C'est néanmoins discourtois.

– Pour qui ?

– Pour vous, pour vous.

Ils restèrent tous deux silencieux, puis il confia :

– J'ai eu une querelle avec lui à ce sujet… à votre sujet. Je lui ai demandé de but en blanc…

– Quoi ?

– Pourquoi ne conduisez-vous pas Olivia – Mrs. Rivers – auprès de la Bégum ? Il…

– Quoi ?

– Oh ! vous savez comment il peut être quand il ne veut pas répondre à quelque chose : il rit ; et si vous insistez, il vous fait sentir combien vous êtes ridicule, et collet monté, et stupide de poser de telles questions. Il excelle à cela.

– Je ne *veux* pas rencontrer la Bégum, fit Olivia en jouant avec son bracelet. Je viens ici pour être avec vous – et avec lui bien sûr –, je veux dire en tant qu'amie. De vous deux. Comment pourrais-je être amie avec elles, nous ne parlons pas la même langue… J'aime être ici. J'aime votre compagnie. Nous passons un bon moment. Ne prenez pas cet air-là, Harry. Vous voilà semblable aux autres, maintenant, à me faire sentir que je ne *comprends* pas, que je ne connais pas l'Inde. C'est vrai, je ne la connais pas ; mais qu'est-ce que ça a à voir ? Les gens peuvent tout de même être amis, n'est-ce pas ? Même en Inde.

Elle parla d'une seule haleine ; elle ne voulait pas qu'on lui répondît, elle établissait sa position, qu'elle estimait juste. Puis elle demanda :

– Qu'est-ce que toutes ces histoires de dacoïts, Harry ? Dites-moi, insista-t-elle devant son silence.

– Honnêtement je ne sais pas, Olivia, fit-il en soupirant après un moment. Un tas de choses surviennent, et il vaut probablement mieux que je ne les connaisse pas. Ciel, que je me sens mal. Terrible.

– C'est votre estomac ?

– Aussi. Et cette sacrée, sacrée chaleur.

– Il fait *frais* ici. C'est agréable.

– Mais dehors, dehors !

Il ferma les yeux. Elle alla à la fenêtre. L'atmosphère était brûlante, bien sûr ; le dôme doré de la mosquée du Nawab réverbérait une lumière aveuglante, mais les pelouses étaient d'un vert brillant et les fontaines, réfléchissant les rayons du soleil, étincelaient de lumière et d'eau. Au-delà des murs gris perle du palais, s'étendait la ville dans un misérable étirement de toits brisés et, plus loin encore, la terre nue – mais pourquoi regarder si loin ?

Le Nawab arriva sur la pointe des pieds :

– Est-ce que je dérange ? Dites-le, s'il vous plaît, et je m'en irai sur-le-champ.

Il regarda Harry avec inquiétude, puis se tourna vers Olivia :

– Comment le trouvez-vous ? Qu'en pensez-vous ? J'ai appelé des docteurs, mais il n'aime pas nos médecins indiens. D'après lui, ce sont… Ce sont quoi, selon vous, Harry ?

– Des charlatans.

– Ridicule, fit le Nawab en souriant. Le Dr Puri, de Chhatra Bazaar, est diplômé du collège de Ludhiana – c'est quelqu'un de très capable.

– C'est un sorcier, affirma Harry.

– Ridicule, répéta le Nawab avec un nouveau sourire.

Il s'assit sur le bord du sofa où se reposait Harry.

– Nous voulons vous voir rétabli vite, vite. Vous nous manquez. C'est très morne sans vous – n'est-ce pas, Olivia ?

Et il se retourna pour la regarder, comme pour l'envelopper elle aussi dans sa tendresse et sa sollicitude.

– Elle m'a interrogé au sujet des dacoïts, dit Harry.

Comme le Nawab à ce moment plongeait ses yeux dans les siens, elle y vit une expression qu'il eût normalement pris soin de cacher. Il scruta son visage quelques secondes de plus, puis se détourna.

– Je souhaite, Olivia, dit-il d'une voix douce, que si jamais vous désirez savoir quelque chose – ou si quelque chose vous paraît étrange –, vous n'interrogiez pas Harry, ou quelque autre personne, mais moi seul – il se pencha en avant : Qui vous a parlé ? Qu'ont-ils dit ? Non, vous devez me le répéter. Si vous ne le faites pas, comment puis-je me défendre contre les calomnies dont on m'accable ? Vous devez me laisser cette chance.

– Qu'exigez-vous d'elle ? s'exclama Harry. Qu'elle vous fasse des rapports sur le Civil Lines de Satipur ? Qu'elle soit votre espionne ?

Le Nawab se pencha de nouveau. Il baissa les yeux comme s'il avait honte. Il dit d'une voix humble :

– J'espère que vous ne croyez pas cela de moi, Olivia.

Elle s'écria aussitôt :

– Bien sûr que non ! Comment pouvez-vous le penser ? – Et de jeter un regard de reproche à Harry.

Douglas et Olivia avaient l'habitude de flâner le dimanche soir dans le cimetière. Ils erraient entre les tombes en se donnant le bras et en s'arrêtant pour lire les épitaphes, en sorte que les noms des morts leur étaient devenus familiers. Olivia appelait ces excursions dominicales leur tournée de visites, mais Douglas se confondait en excuses. Il disait qu'il était honteux de ne pouvoir lui offrir d'autre distraction qu'une promenade dans un cimetière, et ajoutait tristement :

– Pense à Marcia, dans le gai Paris.

– Idiot – elle pressait son bras. Où penses-tu que je préfère me trouver ?

Ils se tenaient devant la tombe d'un jeune lieutenant – E. A. Edwards, du 54$^{e}$, tombé avec cinq autres officiers à la tête de son régiment le 11 mai 1857, âgé de vingt-neuf ans. Il leur était devenu un ami à part, parce que Olivia aimait l'inscription sur sa pierre tombale : « Un soldat toujours prêt à répondre à l'appel du Devoir, un fils respectueux, un Père bon et indulgent, et par-dessus tout remarquable dans le rôle affectueux de Mari… »

– Exactement comme toi, dit-elle à Douglas en lui pressant le bras – elle ajouta après un moment : Excepté que tu n'es pas encore un père bon et indulgent.

– Mais je le serai, promit-il.

– Bien sûr, tu le seras.

Cependant, elle n'était toujours pas enceinte. Elle commençait à s'en inquiéter : est-ce que quelque chose n'allait pas ? Elle ne pouvait pas le croire ; elle était persuadée qu'un couple comme celui qu'elle formait avec Douglas était fait pour avoir des enfants, pour être fondateur d'une magnifique lignée. Lui aussi en était certain. Parfois elle attribuait ce retard à des raisons psychologiques – parce qu'elle avait été tellement effrayée par tous ces bébés dans le cimetière, morts de la variole, morts du choléra, morts de la fièvre typhoïde.

Elle avait apporté quelques fleurs pour l'enfant des Saunders. Elle s'agenouilla pour les déposer aux pieds de l'ange italien. Quand elle se releva, son visage était radieux ; elle prit le bras de Douglas et murmura à son oreille :

– J'ai fait un vœu… tu sais, comme elles font à la chapelle de Baba Firdaus, le Jour des Noces du Mari.

Tous deux sourirent, mais elle devint sérieuse et demanda :

– Douglas, quelle *est* cette histoire au sujet des dacoïts ?

– Il y a une bande qui opère autour de Khatm. Elle terrorise les villages environnants – faisant des raids, pillant et tuant aussi parfois.

– Comme c'est affreux – elle ajouta : Mais qu'a-t-*il* à voir là-dedans ?

– Notre Ami ? C'est la question. On pense généralement qu'il est de mèche avec les dacoïts, empochant une commission en échange de sa protection.

– Ce n'est pas possible, affirma Olivia.

Douglas rit de son innocence. Ils marchèrent. Il montra quelques autres tombes de la Mutinerie, mais elle n'éprouvait plus d'intérêt.

– Mais c'est un *souverain*. Il ne saurait se compromettre avec une pareille bande de voleurs, poursuivit-elle. Après tout il *est* prince – Douglas éclatant de rire, elle dit d'une voix plutôt offensée : Il a même une sorte de titre anglais.

– Oh, oui ! il a toutes sortes de choses… Regarde, ici il y a un autre tué du 11 mai 1857 : « Lieutenant Peter John Lisle de Clifton, Bristol ». Il doit être tombé lors du même combat que le lieutenant Edwards. Il y eut un soulèvement à Satipur, fomenté par le Raja de Satipur de l'époque, qui avait rejoint les mutinés : il devait le payer très cher par la suite. Son voisin de Khatm, l'arrière-grand-père de notre Ami, lui, resta « loyal », *après* s'être assuré du meilleur allié auquel il convenait de rester loyal. C'est ainsi qu'il obtint son titre anglais et ses autres bénéfices. Un type habile.

Il arracha soigneusement quelques mauvaises herbes autour de la tombe du lieutenant Lisle. Il y en avait peu, les tombes étaient extrêmement bien entretenues. Un gardien permanent avait été engagé, et Mr. Crawford lui-même venait régulièrement inspecter pour veiller à ce que les morts anglais reçoivent l'hommage qui leur était dû.

– Tout cela mis à part, fit observer Olivia en regardant Douglas enlever le chiendent, il n'aurait pas *besoin* de se joindre à une bande de voleurs. C'est ridicule. Je veux dire, après tout, il doit être riche… Arrête ça !

– Mais ce sont de mauvaises herbes.

– Oh, ciel ! Laisse ! Cet endroit me donne le cafard.

Douglas se leva et frotta la poussière de son pantalon. Maintenant il avait l'air froissé ; il répondit :

– Je croyais que tu avais dit aimer ce lieu.

– J'aime les arbres.

Elle se détourna et s'éloigna de lui. Elle ne voulait pas qu'il vît combien elle était irritée à la fois contre lui et contre les héros morts. Mais elle avait d'autres questions à lui poser, aussi elle s'arrêta et attendit qu'il la rejoigne :

– Quelle sorte de dacoïts ? s'enquit-elle.

– Je ne veux pas en parler.

Douglas avait son air fâché. Il regardait droit devant lui comme un soldat à la parade, en se dirigeant vers la sortie.

Maintenant c'était au tour d'Olivia de s'attarder derrière lui. Elle s'arrêta encore à la tombe des Saunders et s'agenouilla pour réarranger les fleurs. Elle restait là. La nuit commençait à tomber, les ombres s'épaississaient. La tristesse emplit son cœur. Elle ne savait pas pourquoi : peut-être parce qu'elle n'attendait pas d'enfant ? Elle pensait que si elle en avait un – un solide garçon blond aux yeux bleus –, tout serait parfait. Elle serait en paix, et le serait aussi avec Douglas, et aurait la même opinion que lui sur tout.

– Viens maintenant, appela Douglas d'une voix irritée. Il va faire noir.

Elle se leva docilement, mais l'instant d'après – elle ne sut pas comment cela lui était arrivé – elle retomba sur ses genoux en couvrant son visage de ses mains. Une faible lueur blanche émanait de l'ange au-dessus d'elle. Seul le bruissement des oiseaux qui s'endormaient dans les arbres troublait la quiétude de l'endroit. Olivia pleurait sans bruit. Elle entendit les pas de Douglas crissant sur le chemin tandis qu'il s'approchait. Mais lui aussi resta silencieux, se tenant derrière elle, attendant.

– Désolée, dit-elle au bout d'un moment.

Elle se moucha et essuya ses yeux. Elle se leva, mais il ne l'aida pas. Elle le regarda – dans l'obscurité naissante, elle pouvait à peine distinguer son visage, luisant au-dessus d'elle, comme l'ange. Il se tenait là, raide et droit ; il fit observer :

– Tu aurais dû aller à Simla. La chaleur t'abat.

– Est-ce cela ? répondit-elle, heureuse de cette excuse.

☆

15 juin. – Parmi les mendiants de la ville figure une très vieille femme : du moins a-t-elle l'air très vieille, mais cela peut être dû à sa vie de privations. Elle ne demande pas l'aumône ; quand elle a faim elle se tient là, la main tendue. Je ne la vois jamais parler à quelqu'un. Bien qu'elle demeure dans la ville, elle ne semble pas y avoir une place fixée. Quelquefois je l'aperçois dans le quartier du Civil Lines, quelquefois près des tombes royales, quelquefois au bazar ou dans les allées alentour. Elle erre, déguenillée, et quand elle est fatiguée elle s'accroupit ou s'étend là où elle se trouve, et les passants doivent la contourner.

Ces derniers temps, cependant, je l'ai vue constamment à la même place. Notre blanchisseur vit dans une rue derrière la maison (la rue où j'ai vu danser les eunuques). Il y a quelques jours je lui ai porté des vêtements et, sans pouvoir l'affirmer, je pense l'avoir vue étendue là. L'ennui est que l'on est tellement habitué à elle qu'on a tendance à ne plus la remarquer. Mais à moi, cela ne m'a pas échappé lorsque je suis allée rechercher les affaires. Il y avait quelque chose dans la manière dont elle était étendue qui attira mon attention. Le chemin se termine sur un bout de terrain où un homme habite dans un hangar avec deux buffles. Juste à côté de ce hangar la municipalité a construit une décharge en ciment, mais la plupart des gens ne jugent pas nécessaire de jeter leurs ordures dans l'enclos cimenté, de sorte qu'elles jonchent le sol autour en formant un petit monticule. J'ai remarqué la mendiante parce qu'elle était allongée au bord de cet amas de détritus. J'ai pensé d'abord qu'elle était morte, puis j'ai compris que ce ne pouvait être le cas puisque personne dans la ruelle ne semblait s'en inquiéter. Les animaux reniflant dans les ordures ne faisaient pas non plus attention à elle. Seules les mouches tournaient au-dessus d'elle en formant un cône.

Le blanchisseur n'était pas à la maison, et sa femme, très affairée, vaquait à ses tâches domestiques et poussait avec une longue perche en bois les vêtements mis à bouillir. Quand je mentionnai la présence de la mendiante, elle n'eut pas le temps de m'écouter ; non plus que le charbonnier qui vivait à côté, le mur ayant été percé, ni l'homme aux buffles. Ils murmurèrent vaguement lorsque je leur demandai depuis combien de temps elle se trouvait là. Je m'avisai soudain qu'elle *était* peut-être morte, et que ce n'était l'affaire de personne de l'enlever, ni la mienne non plus, et je rentrai à la maison, portant mon linge.

Je m'interrogeai plus tard sur ce qui m'était arrivé – je n'avais même pas pris la peine de m'approcher pour savoir si elle était vivante ou morte. J'en parlai à Inder Lal, mais il était trop occupé à se préparer pour se rendre au bureau. Je voulais qu'il vînt avec moi pour la voir, aussi le suivis-je quand il partit. Il poussait sa bicyclette avec la gamelle contenant son déjeuner attachée à son guidon. Quoiqu'il fût assez réticent, je le persuadai d'entrer dans la ruelle avec moi. Je m'aperçus aussitôt qu'elle était toujours là. Nous nous arrêtâmes pour l'observer à distance. « Est-elle vivante ? » demandai-je à Inder Lal, qui ne savait pas et n'avait pas envie d'enquêter ; il était temps pour lui de s'en aller, il ne pouvait arriver en retard à son bureau. Je décidai que je devais m'en assurer. Je m'approchai – Inder Lal cria : « Non ! » et fit tinter la sonnette de sa bicyclette en guise d'avertissement. J'allai jusqu'à la décharge, je m'arrêtai au-dessus de la mendiante : ses yeux étaient ouverts, elle gémissait, elle était vivante. Il y avait une horrible odeur et un essaim de mouches. Je regardai par terre et vis un filet d'excréments suintant de son corps. Ma première pensée fut pour Inder Lal : je lui fis des gestes pour qu'il quittât les lieux et partît à son bureau. J'étais heureuse qu'il fût resté à l'écart. Je gesticulai avec plus d'impétuosité et me sentis soulagée quand il tourna les talons, impeccable dans ses vêtements si souvent lavés, et emportant dans la gamelle son déjeuner qui venait d'être préparé. Je m'éloignai ; en passant près du charbonnier, je fis : « Elle est malade. » Il hocha vaguement la tête. Par l'ouverture du portail, on voyait le blanchisseur manger dans sa cour ; je ne pouvais pas le déranger. En fait, je sentis que je ne pouvais déranger ni approcher personne. Pour la première fois, je compris – je *sentis* – la peur hindoue de la contamination. Je rentrai et me lavai scrupuleusement, me rinçant à maintes reprises. J'étais effrayée. La contamination – l'infection – semblait régner partout ; ces mouches pouvaient très bien me l'avoir transmise.

Je me rendis ensuite à l'hôpital local situé au bout du Civil Lines. C'est un vieil immeuble de pierre, lugubre – celui-là même que dirigeait le Dr Saunders –, et il est trop petit pour les besoins de la ville. Les malades hospitalisés et ceux venus en consultation se répandaient sur les vérandas, dans les corridors et le morceau de terrain qui s'étendait devant. J'allai droit à la pièce du médecin-chef, qui était grande, aérée et propre. Le médecin-chef, le Dr Gopal, était propre lui aussi – un bel homme dans une blouse blanche, avec une moustache huilée. Il se montra très poli, galant même, se leva de derrière son bureau pour me saluer et me fit asseoir sur la chaise en face de lui. Le bureau et les sièges étaient de solides meubles anglais, datant probablement de l'époque du Dr Saunders. Le Dr Gopal écouta mon histoire avec beaucoup de sympathie et m'annonça que si je voulais conduire la mendiante jusqu'à lui, il verrait ce qu'il pourrait faire. Quand je demandai s'il serait possible qu'elle soit transportée par une ambulance, il répondit que malheureusement l'ambulance était en réparation et de toute façon réservée aux cas urgents.

– Mais *c'est* une urgence.

Le docteur sourit tristement et caressa sa moustache. Il me posa la question habituelle :

– De quel pays êtes-vous ?

Bien que sans nul doute fort occupé, il semblait prêt à me parler plus longuement. Peut-être le souhaitait-il afin de pratiquer son anglais.

Deux malades entrèrent, portant des bouts de papier. C'étaient des villageois aux visages simples sous de gros turbans ; ils tendirent leurs bouts de papier au Dr Gopal. Son brusque interrogatoire révéla bientôt que les deux prescriptions avaient été mélangées, et que Meher Chand qui souffrait d'hémorroïdes prenait le traitement destiné à Bacchu Ram qui avait des calculs biliaires. Le Dr Gopal rectifia rapidement cette erreur et renvoya les patients qui furent très satisfaits.

– Est-ce que cela arrive fréquemment ? demandai-je.

– Bien sûr. Ces gens ne savent pas lire et les infirmiers ne sont pas trop attentifs. Vous voyez notre problème. Si elle est mourante, alors ne l'amenez pas, il n'y a pas grand-chose que nous puissions faire.

– Mais alors, où devrait-elle mourir ?

– Vous voyez notre problème, répéta-t-il. L'hôpital n'a pas été agrandi depuis vingt ans. Nous n'avons pas de lits, nous manquons de personnel et d'équipement.

Il continua, c'était une litanie de difficultés. De nouveau je m'aperçus qu'il aimait me parler – en partie pour pratiquer son anglais, mais aussi pour avoir de cette manière quelqu'un devant qui soulager son cœur.

– Vous avez remarqué le type de patients que nous avons, et nous-mêmes commettons des erreurs de notre côté, comment l'éviter ? J'aimerais avoir plus de personnel, je fais des demandes en triple exemplaire, je me rends chez le ministre, et quand j'obtiens enfin de l'aide, ce sont souvent des gens incompétents.

Il s'exprimait bien et couramment en anglais. Il avait beaucoup à dire – ses sentiments étaient profonds et sa vie difficile. Il me regardait, assise de l'autre côté du bureau, avec les mêmes yeux qu'Inder Lal, implorant ma compréhension.

Ce que je compris le mieux, c'était que le problème de la mendiante, si je souhaitais le prendre en charge, dépendait maintenant de moi. Chacun devait se colleter avec trop de problèmes personnels. Je m'interrogeai : peut-être pouvait-on encore la soigner, auquel cas je devais la faire transporter à l'hôpital. Je pourrais louer un rickshaw ou une voiture à cheval; puis je me demandai comment l'y faire entrer. J'aurais à la soulever moi-même, car je ne pouvais m'attendre à ce que quelqu'un d'autre prît le risque de la toucher. En outre, je n'étais pas sûre du tout de parvenir à persuader le propriétaire d'un quelconque véhicule de la prendre.

Je quittai le bureau du Dr Gopal et traversai les couloirs bondés de l'hôpital. J'eus à escalader des malades étendus par terre. « Alors, où mourra-t-elle ? » avais-je demandé au Dr Gopal. Sur le moment, la question m'avait semblé pleine de force, mais il n'en allait plus ainsi. Maintenant une nouvelle pensée – un nouveau mot – se présentait à moi : la vieille femme était quelqu'un dont on pouvait *se passer*. Je me surpris moi-même. Je m'aperçus que je changeais, que je ressemblais davantage à tous les autres. Mais si l'on vit ici, pensai-je, il vaut mieux être comme tout le monde. Peut-être n'y a-t-il même pas le choix : tout autour de moi – les gens, les paysages, la vie animée et inanimée – paraissait me forcer à cette attitude.

En rentrant de l'hôpital, je passai par la hutte de Mâjî, près des tombes royales. Elle était assise dehors et me fit signe d'approcher. Elle m'observa et me demanda ce qui n'allait pas. Je le lui dis; j'arrivais à en parler alors avec la même indifférence que tout un chacun. Je fus surprise par la réaction de Mâjî qui n'était nullement habituelle.

– Quoi ? s'écria-t-elle. Lîlâvatî ? Son temps est venu ?

Lîlâvatî ! La mendiante avait un nom ! Soudain, tout reprit un caractère urgent. Mâjî se leva avec effort et fonça en direction du bazar avec une étonnante vélocité pour une femme de sa corpulence et de son âge. Je me précipitai derrière elle pour la conduire au dépôt d'ordures. Mais quand nous fûmes sur les lieux, la mendiante avait disparu. Nous demandâmes au blanchisseur, au marchand de charbon, au propriétaire des buffles : tous haussèrent les épaules comme précédemment et dirent qu'elle était partie ailleurs. Ils pensaient qu'elle devait avoir eu faim et s'était traînée pour mendier de la nourriture. Je me sentis stupide d'avoir fait tout ce tintamarre. Mais Mâjî déclara :

– Je sais où elle peut être.

Elle repartit au même trot, pointant les coudes pour accélérer le mouvement. Nous retournâmes en hâte au bazar, puis franchîmes la porte conduisant hors de la ville jusqu'à ce que nous arrivions au réservoir bordé par les pierres à satîs.

– Ah ! s'exclama Mâjî qui l'avait vue avant moi.

Elle était étendue sous un arbre, dans la même position que tout à l'heure, près du tas d'ordures. Les excréments, qui ne formaient plus qu'un très mince filet, coulaient toujours. Mâjî s'approcha et dit :

– Tu es là. Je t'ai cherchée. Pourquoi ne m'as-tu pas appelée ?

La vieille femme regardait le ciel, mais il me sembla que ses yeux avaient déjà perdu la vue. Mâjî s'assit sous l'arbre et prit la tête de la vieille femme sur ses genoux. Elle la caressait avec ses grosses mains de paysanne et observait le visage de la mourante. Soudain la vieille femme sourit, sa bouche édentée s'ouvrit avec la reconnaissance béate d'un bébé. Ses yeux voyaient-ils encore – pouvait-elle voir les yeux de Mâjî baissés vers elle ? Ou sentait-elle seulement son amour et sa tendresse ? Quoi que ce fût, ce sourire me fit l'effet d'un miracle.

Je m'assis près d'elles. Une tornade particulièrement forte avait soufflé plus tôt ce jour-là et, comme cela arrive parfois, elle avait purifié l'air de sorte que, pour cette dernière heure de clarté, tout était lumineux. L'onde dans le réservoir était limpide comme le ciel, troublée seulement par le reflet des martins-pêcheurs rasant l'eau ou les feuilles des arbres balayant momentanément sa surface. A l'extrémité, des buffles se baignaient, si profondément immergés que seules leurs têtes restaient visibles. Une quantité de singes maigres et agités gambadaient sur la rive, sautant entre les pierres à satîs. Ou bondissant par-dessus. Mâjî me dit :

– Vous voyez, j'étais sûre qu'elle serait ici.

Elle continuait à caresser le visage de la vieille femme, pas seulement avec tendresse mais avec une sorte d'orgueil aussi ; oui, vraiment, comme si elle était fière d'avoir accompli quelque chose de particulier. Elle se mit à me parler de la vie de la vieille mendiante : restée veuve, elle avait été chassée de la maison de son beau-père. Puis ses parents et son frère étaient morts, victimes d'une épidémie de variole, la laissant sans foyer et dénuée de tout. Que pouvait-elle faire alors, dit Mâjî, littéralement jetée dans le monde pour y vivre d'aumônes ? A cette époque, elle ne restait pas dans un seul endroit, mais allait partout, surtout d'un lieu de pèlerinage à un autre parce que les mendiants y trouvaient plus leur compte. Il y a dix ans environ, passant par Satipur, elle y était tombée malade. Elle se rétablit sans recouvrer pourtant assez de force pour se déplacer, aussi était-elle restée.

– Mais maintenant elle est fatiguée, poursuivit Mâjî. Maintenant, le temps est venu. Maintenant elle en a assez.

Et elle caressa encore son visage, et toujours avec fierté comme si la vieille femme s'en était bien tirée.

Il était plaisant de rester assises là – dans la fraîcheur du bord de l'eau – et nous étions prêtes à demeurer ainsi des heures. Mais elle ne nous retint pas longtemps. Comme la lumière diminuait et que le ciel, l'air et l'eau prenaient une teinte légèrement argentée, que les oiseaux s'endormaient dans la masse sombre des arbres et que les chauves-souris silencieuses commençaient à traverser furtivement le ciel argenté – à cette heure sereine, elle mourut. Je ne l'aurais pas remarqué car elle n'avait pas bougé depuis longtemps. Il n'y eut pas de râle ni de convulsion. C'était comme si elle avait déjà été vidée de tout et qu'il ne lui restait qu'à s'éteindre. Mâjî était très contente : elle dit que Lîlâvatî avait bien vécu et qu'elle avait été récompensée par une bonne fin, une fin bénie.

☆

1923

Un jour, Olivia dit à Douglas que Harry était couché, malade à Khatm, et qu'elle voulait aller lui rendre visite. Douglas fit « Oh ? » sans rien ajouter. Elle prit cela pour la permission qu'elle attendait : à partir de maintenant, décida-t-elle, Douglas *savait* qu'elle allait à Khatm, elle l'en avait averti, il était informé du fait. Elle n'aurait plus besoin à l'avenir de rentrer en hâte de crainte qu'il ne fût de retour à la maison avant elle. S'il le faisait, elle pourrait simplement et vraiment lui dire qu'elle était allée rendre visite à Harry malade, à Khatm. Mais il ne rentra jamais avant elle ; il semblait être retenu de plus en plus tard au bureau, et quand il arrivait à la maison il était si fatigué qu'il allait se coucher très tôt. Olivia veillait beaucoup plus tard, assise à la fenêtre pour respirer un peu d'air frais. En général, elle dormait profondément lorsqu'il partait le matin ; il s'en allait toujours de très bonne heure de manière à faire son inspection à cheval avant que la chaleur devînt insupportable.

Un matin cependant la trouva éveillée. Elle vint s'asseoir avec lui dans la pièce du petit déjeuner (qui est maintenant le bureau de poste) ; c'était quelque chose qu'elle n'avait pas fait depuis un certain temps. Elle le regarda manger du jambon et des saucisses. Elle trouva soudain que son visage s'était alourdi, et paraissait un peu bouffi, ce qui lui donnait une plus grande ressemblance avec les autres Anglais de l'Inde. Elle repoussa cette pensée : elle était intolérable.

– Douglas, dit-elle, Harry ne va pas mieux.

– Oh ?

Il avait découpé ses aliments et mâchait les petits morceaux avec lenteur et flegme.

– Ne faudrait-il pas demander au Dr Saunders d'aller le voir ?

– Le Dr Saunders ne prend pas de clientèle privée.

– Mais il est le seul médecin anglais par ici – comme Douglas ne réagissait pas, elle ajouta : Et Harry *est* anglais.

Douglas avait fini son déjeuner et allumait sa pipe matinale (il fumait presque constamment la pipe maintenant). Il tira une bouffée avec autant de lenteur et de flegme qu'il avait mangé. Elle l'avait toujours aimé pour ces qualités – son impassibilité, sa solidité et sa force anglaises ; sa virilité. Mais elle pensa soudain : quelle virilité ? Il ne peut même pas me rendre enceinte.

– Dois-tu fumer cette sacrée *pipe* ? Avec cette *chaleur* ? s'emporta-t-elle.

Il demeura calme, vidant les cendres dans un cendrier – soigneusement, de façon à n'en pas répandre sur la nappe. A la fin, il fit remarquer :

– Tu aurais dû aller à Simla.

– Et quoi faire ? Me promener avec Mrs. Crawford ? Aller aux éternels dîners ennuyeux – oh ! oh ! fit-elle, couvrant son visage de désespoir. Encore un de ces dîners-là et je me couche et meurs.

Douglas ne répondit pas à cet éclat. Il continua de fumer. La pièce était très tranquille. Les domestiques, débarrassant les plats du petit déjeuner, se faisaient aussi silencieux que possible pour ne pas déranger le Sahib et la Memsahib qui se querellaient en anglais.

– Je ne sais pas ce qui ne va pas avec moi, s'interrogea Olivia d'une voix contrite.

– Je te l'ai dit : c'est la chaleur. Aucune Anglaise n'est censée la supporter.

– Tu as probablement raison, murmura-t-elle. En fait, chéri, j'aimerais consulter le Dr Saunders moi-même.

Il la regarda. Son visage avait peut-être changé, mais ses yeux restaient aussi droits et clairs que jamais.

– Parce que je ne… – elle baissa timidement les yeux, puis les leva vers les siens – … tombe pas « enceinte ».

Il posa sa pipe dans le cendrier (un serviteur la secoua avec sollicitude), se leva et alla dans leur chambre. Elle le suivit. Ils s'étreignirent ; elle chuchota :

– Je veux que rien ne change… Je ne veux pas que tu changes.
– Je ne change pas.
– Non, c'est vrai.

Elle se serra plus étroitement contre lui. Elle désirait tant être enceinte ; tout serait si bien alors – il ne changerait pas, elle ne changerait pas, ils seraient comme ils s'y attendaient.

– Attends un peu, dit-il, ça ira.
– Tu penses ?
– J'en suis certain.

Elle s'appuya sur son bras robuste et l'accompagna devant la maison. Bien qu'il fût encore très tôt, l'air était lourd.

– J'aurais souhaité que tu ailles à Simla.
– Loin de toi ?
– C'est tellement mauvais pour toi ici. Cet affreux climat.
– Mais je me sens bien !

Elle rit parce que c'était vrai. Il pressa son bras avec gratitude :

– Si je peux m'échapper, nous irons tous les deux.
– Tu penses que tu pourras ?… Oh ! ne le fais pas pour moi, je suis très bien ici… cela ne me dérange pas… vraiment non. Je suis bien, répéta-t-elle.

Il s'exclama d'admiration devant son courage. Il voulait s'attarder, mais son saïs maintenait son cheval, son *péon*[1] tenait ses dossiers, son porteur attendait avec son *topee*[2].

– Ne sors pas, dit Douglas.

Mais elle ne l'écouta pas.

Elle leva les yeux vers lui au moment où il montait en selle, et il baissa les siens vers elle. Il était difficile pour lui de partir ce matin.

– Je toucherai un mot au Dr Saunders au sujet de Harry.

Elle lui fit signe de la main aussi longtemps qu'elle put le voir. Un serviteur tenait la porte ouverte pour qu'elle rentrât dans la maison ; cependant, elle resta, regardant au-dehors un moment de plus. Non pas dans la direction empruntée par Douglas mais

1. Soldat à pied.
2. Casque colonial.

de l'autre côté, vers Khatm, vers le palais. Il n'y avait aucune différence, tout reposant sous le même voile de poussière. C'était vrai, ce qu'elle avait dit à Douglas : elle se sentait bien – elle n'était pas le moins du monde gênée par la chaleur ou l'atmosphère épaisse. Comme si une petite source avait jailli en elle, qui la maintenait fraîche et gaie.

Plus tard dans la matinée – elle avait consulté sa montre et constaté qu'il lui restait du temps avant que la voiture du Nawab vînt la chercher –, elle marcha jusqu'à la maison des Saunders. Le Dr Saunders était déjà parti pour l'hôpital et seule Mrs. Saunders était chez elle. Olivia fut surprise de la trouver hors de son lit. Elle était assise dans l'une des pièces les plus sombres, contemplant une cheminée vide. Elle expliqua à Olivia :

– Il n'est pas bon de les laisser vous voir dans votre lit… Les domestiques, fit-elle en baissant la voix et en jetant un coup d'œil vers la porte. Je voudrais être au lit. C'est là que je devrais être. Mais vous ne savez pas ce qui leur passe par la tête.

Elle fixait toujours la cheminée (qui n'avait pas de grille), comme hantée par des visions. Il y avait quelque chose de fantomatique dans cette pièce : peut-être était-ce dû à l'ameublement qui n'appartenait pas aux Saunders, mais avait été transmis entre plusieurs générations de fonctionnaires. Les gravures, de même, étaient là depuis longtemps ; la plupart représentaient des scènes de la Mutinerie, notamment Sir Henry Lawrence frappé par un boulet dans la Résidence à Lucknow.

– On entend un tas d'histoires, dit Mrs. Saunders. Il y eut cette femme à Muzzafarbad ou un de ces endroits – c'était une lady du Somerset… – Elle soupira (pensant au sort de cette lady ou au lointain Somerset ?). Son dhobi, murmura Mrs. Saunders, se penchant vers Olivia. Il repassait ses sous-vêtements et ça a dû être trop pour lui. Ils sont très émotifs, ils sont faits ainsi. J'ai entendu dire que leur nourriture épicée n'y est pas étrangère… je ne sais pas ce qu'il y a de vrai là-dedans, mais ce dont je suis sûre, madame Rivers, c'est qu'ils n'ont qu'une pensée en tête : faire ce que vous savez avec une femme blanche.

Olivia la regarda ; Mrs. Saunders confirma d'un hochement de tête entendu. Elle serra sa robe sur sa poitrine décharnée, et Olivia sentit sa propre main qui essayait aussi d'ajuster le décolleté plutôt bas de sa robe de soie brun pâle. Ridicule ! Elle bondit sur ses pieds – il était temps de partir, la voiture du Nawab ne devait plus tarder.

Le Nawab rit à l'idée d'avoir recours au Dr Saunders. Si un médecin européen était nécessaire, il ferait appel au meilleur spécialiste, et, s'il le fallait, jusqu'en Allemagne ou en Angleterre. Cependant, pour complaire à Olivia et Harry, il consentit à envoyer une voiture chercher le Dr Saunders.

Le Dr Saunders, content et flatté d'être convoqué par une personne royale, joignit les extrémités de ses doigts et employa beaucoup de termes techniques. Il soufflait en parlant, et chaque mot faisait dresser les poils de sa moustache en sorte qu'ils flottaient autour de sa bouche comme agités par une brise. Le Nawab le traita avec cette courtoisie excessive qu'Olivia avait appris à reconnaître comme l'expression de son mépris ; néanmoins le Dr Saunders, qui le prenait pour argent comptant, s'épanouissait encore davantage à l'intérieur de son étroit costume de shantung. La vue des deux hommes assis face à face – le Nawab penché en avant avec déférence tandis que le docteur s'expliquait et se dilatait – fit glousser Harry et, à ce spectacle, Olivia ne put se retenir de rire. Si le Dr Saunders ne le remarqua pas, il n'en fut pas de même du Nawab qui, heureux d'offrir une si bonne distraction à ses amis, insista pour que le docteur restât à déjeuner.

A table, le Dr Saunders atteignit de nouveaux sommets. Empourpré de joie par la nourriture et les boissons de son hôte, il se laissa convaincre de donner son opinion sur l'Inde et les Indiens. Il avait, pour étayer ses propos, beaucoup d'anecdotes à raconter, tirées principalement de son expérience de l'hôpital. Quoique Olivia en eût déjà entendu la plupart, elle partagea l'amusement de Harry devant la manière dont le Nawab les lui soutirait.

– Alors, qu'avez-vous fait, docteur ?

– Alors, Nawab Sahib, j'ai fait appeler l'homme à mon bureau et, sans autre argument, je lui ai flanqué des claques, une deux, une deux.

– Vous avez très bien fait, docteur. Parfaitement. Vous avez donné un bon exemple.

– C'est la seule manière de procéder avec eux, Nawab Sahib. Il est inutile de discuter, on ne peut pas les amener à la raison. Ils n'ont pas la tête faite comme nous.

– Exactement, docteur. Vous avez mis le… Comment dit-on, Harry ?

– Le doigt dessus.

– C'est cela. Le doigt dessus, approuva gravement le Nawab.

Au bout d'un moment Olivia cessa d'être amusée. Le Dr Saunders était manifestement trop stupide, la plaisanterie avait duré assez longtemps. Harry aussi s'en fatiguait. Avec sa sensibilité habituelle, le Nawab perçut immédiatement le changement d'atmosphère. Il jeta sa serviette et dit :

– Venez, Olivia et Harry.

Laissant sans plus de façon le médecin derrière eux, il conduisit les deux autres en haut, dans l'appartement de Harry. Là il se laissa tomber sur une chaise et, rejetant la tête en arrière, éclata d'un rire bruyant. Il parut froissé que les autres ne fissent pas de même :

– Je me suis donné tellement de mal et ai tant fait pour vous divertir, se plaignit-il.

– C'est de la cruauté envers les animaux.

– Mais il nous traite d'animaux, fit remarquer le Nawab.

– Ce n'est qu'un vieux raseur, dit Harry. Pourquoi l'avez-vous introduit ici ?

– C'est elle, dit le Nawab en montrant Olivia – toutefois, devant son air embarrassé, il tenta d'arranger les choses : Ce n'est pas un raseur. Il est très amusant : « Nous, docteurs, en Angleterre », fit le prince, assemblant les extrémités de ses doigts et soufflant dans une moustache imaginaire.

Ce n'était pas une très bonne imitation, toutefois les deux

autres rirent pour lui faire plaisir. Cela parut d'abord le contenter, puis son humeur changea et il déclara avec dégoût :

– Vous avez raison, c'est un raseur. Tcha ! pourquoi l'avons-nous fait venir ? Renvoyons-le.

Olivia se sentit obligée de dire :

– Il est antipathique. Mais c'est une exception. Ne fondez pas votre jugement à partir de son cas.

Le Nawab l'observa assez froidement :

– Ne fondez pas quel jugement à partir de son cas ?

– Un jugement sur nous tous.

– Qui est nous ? demanda Harry.

Lui aussi paraissait hostile. Olivia se sentit patauger – elle avait eu la même impression au dîner chez les Crawford, de ne pas savoir où elle se situait.

– Je ne connais pas votre position sur ce sujet, poursuivit Harry, mais, s'il vous plaît, ne me mettez pas dans ce lot.

– Mais, Harry, les Crawford – par exemple – ne sont pas comme le Dr Saunders, vous le savez. Ou les Minnies. Ou Douglas et…

– Vous ?

– Tous sont les mêmes, fit soudain le Nawab d'un ton tranchant.

Olivia eut un choc. Voulait-il dire elle aussi ? L'englobait-il dans son verdict ? Elle regarda son visage et fut effrayée par les sentiments qu'elle y vit si nettement exprimés ; et il lui sembla qu'elle ne pourrait pas supporter d'être englobée dans cette appréciation, qu'elle ferait n'importe quoi pour ne pas l'être.

– Je vais le renvoyer, dit le Nawab en appelant ses serviteurs.

Il donna des ordres pour qu'une voiture reconduisît le Dr Saunders chez lui.

– Oh ! ajouta-t-il, en riant, à l'adresse du domestique : Payez-le, payez-le. Faites-le vous-même. Donnez-lui de l'argent et il le prendra.

Le serviteur sourit à cette insulte qu'allait essuyer le Dr Saunders, payé par des domestiques.

– Je ferais mieux de partir aussi, fit Olivia en ravalant ses larmes.

– Vous ? s'écria le Nawab. Avec lui ? – il semblait indigné. Pensez-vous que je vous laisserais entrer dans la même voiture que lui ? Est-ce l'idée que vous vous faites de mon hospitalité ? De mon amitié ?

Il avait l'air profondément blessé.

– Mais je dois rentrer bientôt, protesta-t-elle, et puisque la voiture s'en va…

Elle riait et se sentait soudain le cœur terriblement léger.

– Une autre voiture partira. Dix voitures, si nécessaire. Assoyez-vous, s'il vous plaît. Oh ! nous venons de gâcher un moment au lieu de nous distraire, pourquoi cela ? Harry ! Olivia ! Soyez gais, je vous en prie ! Je vais vous raconter un rêve que j'ai fait la nuit dernière – vous rirez –, c'est au sujet de Mrs. Crawford. Non, mais attendez, ce n'était pas Mrs. Crawford, c'était un hijra, qui faisait ainsi – il frappa aussitôt dans ses mains et dansa en riant aux éclats. Elle était avec toute une troupe, tous chantaient et dansaient, mais je l'ai reconnue très facilement. C'est vrai, elle ressemble à un hijra.

– Qu'est-ce qu'un hijra ? demanda Olivia.

– Je vais vous le montrer.

Et le Nawab rit de plus belle.

Il appela ses jeunes gens et ordonna que l'on fît venir des eunuques pour chanter et danser. Et le reste de la journée passa pour Olivia très agréablement.

☆

20 juin. Peu avant la mousson, la chaleur devient accablante. On dit que plus elle est accablante, plus elle provoquera des pluies abondantes, aussi en vient-on à souhaiter qu'il fasse le plus chaud possible. Surtout qu'à cette époque, on s'y est résigné – on ne s'y est pas habitué, mais on s'y est résigné ; et en outre, trop épuisé pour lutter encore, on se soumet et on supporte. Il y a

cependant des compensations : plus il fait chaud, plus doux sont les melons sucrins et les mangues, plus entêtant le parfum du jasmin ; le *gul mohard*[1] étend ses branches comme un danseur, couvertes de ses étonnantes fleurs écarlates ; toutes sortes de sorbets sont vendus au bazar, et les verres dans lesquels on les sert (bien que peut-être pas très propres) sont remplis à ras bord de glace pilée (pas très propre non plus, mais qui s'en soucie ?).

Inder Lal et moi nous sommes allés dimanche faire un pique-nique au bosquet de Baba Firdaus. C'était sur mon initiative, mais, quand nous fûmes assis dans le bus, trempés de sueur et ballottés à travers le paysage embrasé, je me demandais si j'avais eu raison. Nous descendîmes du bus et gravîmes le chemin rocailleux, totalement dénudé et exposé qui conduit au bosquet ; une fois arrivés, nous nous sentions comme accueillis au paradis. Le feuillage des arbres faisait écran aux rayons du soleil, la petite source formait un filet d'eau fraîche. Inder Lal s'étendit aussitôt sous un arbre ; j'étais si ravie du lieu que j'errai alentour. Le contraste ne pouvait être plus total avec ma dernière visite au sanctuaire – le Jour des Noces du Mari – quand il était envahi par les pèlerins et plein de haut-parleurs. Aujourd'hui on n'entendait que l'eau et les oiseaux, parfois des feuilles qui bruissaient ; tout était parfaitement, parfaitement tranquille. Je me lavai les mains et le visage dans la source, si peu profonde que je pouvais toucher les pierres froides de son lit. J'examinai la chapelle et découvris une construction très simple avec une entrée en arc et surmontée d'un petit dôme côtelé comme un melon. L'intérieur était lourdement blanchi à la chaux – une nouvelle couche devait être rapidement passée à chaque anniversaire du Jour des Noces du Mari ; les fenêtres treillagées étaient couvertes de fils rouges attachés par les suppliants. Il n'y avait pas de tombe – la résidence de Baba Firdaus au moment de sa mort restait inconnue –, seul un petit monticule de pierres blanchies à la chaux se dressait au centre.

1. Poincinia Regia, dit aussi flamboyant.

Plusieurs colliers de fleurs l'entouraient ; la plupart étaient fanés, seuls un ou deux semblaient encore tout frais. L'endroit était si complètement désert, silencieux et solitaire que je me demandai qui pouvait les avoir déposés là.

Quand Inder Lal s'éveilla, je sortis les sandwichs que j'avais apportés. Il n'avait jamais mangé de sandwichs et y goûta avec intérêt, toujours heureux d'apprendre quelque chose de nouveau. Ce qui était également nouveau pour lui était de sortir avec une seule personne au lieu de la foule habituelle de parents et d'amis. Il dit qu'il appréciait la conversation que l'on pouvait avoir en tête à tête, chacun se trouvant en position de découvrir à l'autre le fond de son cœur. J'attendais qu'il le fît, mais il me posa seulement quelques questions banales, notamment sur les pique-niques en Angleterre. Il écoutait avidement mes réponses, essayant d'obtenir de plus amples détails. « Seulement pour savoir », précisait-il. C'est une phrase qu'il emploie souvent quand il m'interroge. Il semble prendre plaisir à glaner des bribes d'informations sans conséquence et à les engranger pour quelque usage futur. Sa mère fait de même avec les objets. Je l'ai vue ramasser avec respect et étaler un morceau d'emballage de chocolat que j'avais jeté, des bouchons, des bouteilles vides, des lambeaux de vêtements. Elle les entasse dans sa grande malle et, quand je lui demande dans quel but, elle paraît surprise. Pour elle, comme pour lui, chaque rien est utile ou pourrait le devenir un jour.

– Regardez ce que j'ai apporté, me dit-il.

Il me fit voir deux bouts de fil rouge ; il expliqua que nous devions les attacher aux treillages du sanctuaire et qu'alors nos souhaits seraient exaucés. Nous retirâmes nos sandales et entrâmes dans la chapelle. Le premier, il noua son morceau de fil, pour me montrer comment faire ; il ferma les yeux et formula un vœu avec ferveur.

– Je pensais que c'était réservé aux femmes stériles, fis-je remarquer.

– Toutes les prières sont entendues. Maintenant, à vous.

Il me tendit mon fil et m'observa avec intérêt.

– Vous pouvez exprimer votre souhait à voix haute, si vous êtes seule ou s'il n'y a qu'un seul ami avec vous.

Au lieu de répondre, je montrai les fraîches guirlandes placées sur le monticule de pierres :

– Qui, d'après vous, a pu les déposer ? On dirait que personne n'est venu ici depuis des siècles.

– Même si un lieu comme celui-ci se trouvait au milieu d'un désert, à un millier de kilomètres d'où que ce soit, des gens viendraient… Quel vœu avez-vous fait ?

Je souris et retournai m'asseoir à notre place sous l'arbre ; il me suivit.

– Dites-moi, me pressa-t-il, sa curiosité vivement excitée.

– Bien, que croyez-vous ?

Mais, quoi que ce fût, il se sentit embarrassé de le dire. Aussi était-ce à mon tour d'être curieuse, me demandant ce qu'il pouvait penser.

– Comment puis-je le savoir ? Je ne suis pas un magicien ou quelqu'un qui peut lire les pensées d'autrui. Mais si vous me le confiez, fit-il d'un air roublard, je vous dirai.

– Essayons de deviner.

– Vous d'abord.

Il aimait ce jeu. Je fis semblant de me concentrer très fort pendant qu'il me dévorait des yeux.

– Je pense, dis-je finalement, que cela a quelque chose à voir avec votre bureau.

Aussitôt son visage s'affaissa – d'étonnement, de consternation.

– Comment avez-vous su ?

– Oh ! j'ai seulement deviné.

Mais j'eusse souhaité ne pas l'avoir fait. Il devint triste et parut ne plus apprécier le jeu. Quand je lui dis : « Maintenant c'est votre tour », il secoua sombrement la tête. Plongé dans la pensée de ses ennuis, il n'avait plus d'intérêt pour mes souhaits.

Pourtant je voulais maintenant qu'il en éprouvât. J'avais réellement le désir – comme il l'avait dit – d'ouvrir mon cœur à un confident. Mais il est déjà assez difficile de le faire avec une personne qui connaît votre vie et vos soucis ; alors que lui dire à *lui* qui n'était pas au courant et qui voit cela de l'extérieur ? Si j'avais eu un souhait précis – tel qu'un mari, un enfant ou l'élimination d'un ennemi –, j'aurais été très heureuse de lui en faire part. Mais en réalité, pendant que j'attachais mon fil auprès des autres, je ne désirais rien de particulier. Non que ma vie soit à ce point comblée que je n'aie rien à demander, au contraire elle était par trop dénuée de choses essentielles pour que je puisse remplir ces vides en adressant une seule requête.

Cependant, sur le moment, j'éprouvais un désir puissant : me rapprocher de lui. Et puisqu'il semblait impossible d'y parvenir par le truchement des mots, je posai ma main sur la sienne. Il me regarda alors d'une manière entièrement différente ; il ne manquait plus d'intérêt maintenant ! Mais il était difficile d'interpréter ce qu'il y avait dans son regard. Je pouvais sentir sa main trembler sous la mienne, et je vis que ses lèvres tremblaient aussi. Peut-être parce qu'il allait parler ; peut-être était-ce de désir, ou de crainte. Il y avait certainement de la crainte dans ses yeux. Il ne savait comment agir, ni ce que j'allais faire. Je pouvais voir – c'était comique – tourner dans sa tête tout ce qu'il avait entendu dire des femmes occidentales. Pourtant c'était un jeune homme en bonne santé – sa femme était absente –, nous étions seuls dans un lieu romantique (que le soleil qui commençait à se coucher rendait à chaque instant plus romantique). Bien qu'il me revînt d'esquisser les premiers mouvements, sitôt que je les eus faits il ne fut pas long à y répondre. Plus tard, il répéta la même plaisanterie qu'avait dite le Nawab sur ce qui était arrivé, à la suite de quoi la femme stérile était devenue enceinte le premier Jour des Noces du Mari.

☆

## 1923

Un jour, Harry arriva avec la voiture envoyée pour Olivia. Elle était prête à partir sur-le-champ, mais il la pria d'attendre un moment : il voulait se reposer avant de reprendre la route. Il restait assis, et semblait prêt à passer là la journée. Elle lui rappela plusieurs fois :

– Si nous ne partons pas bientôt, il fera trop chaud.

– Jouez quelque chose, dit-il en montrant le piano. Allez-y, il y a des siècles que je ne vous ai pas entendue.

– Et ensuite nous partirons ? marchanda-t-elle.

Elle s'assit au piano et commença de jouer avec sa fougue habituelle. Elle jouait du Debussy ; Harry avait appuyé la tête contre le fauteuil jaune et fermé les yeux, battant du pied la mesure avec plaisir. Mais au bout d'un moment elle joua trop vite et trébucha ; une ou deux fois, une touche resta prise et elle la frappa avec impatience. Elle s'interrompit :

– J'ai perdu la main. Venez maintenant, Harry, nous devons partir.

– Pourquoi avez-vous perdu la main ?

– Il fait trop chaud pour jouer. Et avez-vous *entendu* dans quel état est le piano ? – Elle frappa de nouveau une touche défectueuse : Ce n'est tout simplement pas un climat pour un piano, et voilà tout. Levez-vous, Harry. Venez.

– Vous pourriez avoir un accordeur de Bombay.

– Ça ne vaut pas la peine. Je joue très peu à présent.

– Quel dommage.

Il le dit d'un ton si pénétré qu'elle en devint songeuse. Pourquoi ne jouait-elle plus ? Elle ne s'en était pas inquiétée auparavant, pensant vaguement que la chaleur était trop étouffante, ou seulement qu'elle n'en avait pas envie. Mais il y avait quelque chose de plus, et elle se demandait quoi.

– Debussy, Schumann, c'est si peu… approprié.

Elle rit.

– Cela me convient, dit Harry.

– *Ici?*

– Pourquoi pas ? – Il regarda autour de lui et répéta : Pourquoi pas ?

Il se cala plus profondément dans son siège comme s'il ne voulait plus jamais le quitter.

– L'oasis, fit-il.

– Ne recommencez pas avec cela, s'il vous plaît – elle était réellement irritée. Je ne vois pas pourquoi quelqu'un voudrait une oasis. Pourquoi serait-ce nécessaire ?

– Bonté divine, comme vous êtes forte, Olivia ; qui l'aurait cru… Et vous n'êtes non plus jamais malade, n'est-ce pas ?

– Bien sûr que non. Pourquoi le serais-je ? – Elle était tout à fait méprisante. Tout ça est purement psychologique.

– La nuit dernière, j'étais si mal de nouveau. Je n'ai pourtant pas mangé de nourriture indienne depuis des semaines. Je ne sais pas à quoi c'est dû.

– Je vous l'ai dit : c'est psychologique.

– Vous avez peut-être raison. Je me sens certainement tout à fait gouverné par la psychologie… En fait je me sens – il ferma de nouveau les yeux, mais cette fois parce qu'il souffrait – comme si je ne pouvais supporter un jour de plus.

Et il avait réellement l'air de ne pas pouvoir.

Elle essaya de se montrer compatissante, mais ne parvenait pas à surmonter son impatience. Elle avait tellement hâte de sortir ! Et il était assis là, sans vouloir bouger. De chez les domestiques leur parvenait une voix qui chantait sur les battements d'un tambour, tous deux s'en tenant à une note plate et continue d'une absolue monotonie.

– C'est comme une fièvre cérébrale, fit Harry.

– Quoi ?… Oh ! ça. Je ne l'entends plus. Ça dure depuis des jours. Il y a toujours ce bruit-là chez eux, à cause d'un décès, d'une naissance, ou d'un mariage. Je pense que c'est peut-être la raison pour laquelle je ne joue plus du piano. Je veux dire, ça ne s'harmonise pas vraiment… Harry, nous devons partir ou nous allons mourir de chaleur sur la route.

– Je ne veux pas partir.

Elle eut un moment de panique. Sa voix tremblait légèrement :

– Et la voiture ?

– Nous la renverrons.

Olivia contempla le bout de ses chaussures blanches. Elle s'assit, très tranquille. Harry l'observait, mais elle faisait semblant de ne pas le remarquer. A la fin, il demanda :

– Qu'est-ce qui ne va pas, Olivia ? – Il parlait très gentiment : Pourquoi êtes-vous si désireuse de partir ?

– Nous sommes attendus – sentant combien cela sonnait faux, elle s'irrita davantage contre lui. Et vous ne pensez pas que *j'aime* rester ici toute la journée, jour après jour, à regarder les murs et à attendre le retour de Douglas ? Je vois bien comment on peut devenir timbré comme ça… comme Mrs. Saunders. Assise dans la maison à imaginer des choses. Je ne veux pas devenir comme Mrs. Saunders. Mais si je continue à rester assise ici toute seule, je le deviendrai.

– Est-ce pour cela que vous aimez vous rendre au palais ?

– Douglas n'ignore rien de mes visites au palais. Il sait que le Dr Saunders y est passé – il lui a parlé lui-même – et que je suis allée vous voir.

– Oui, *me* voir.

Ce mot resta suspendu dans l'air et le demeura après qu'elle eut répliqué :

– Vous êtes jaloux, Harry, voilà la vérité. Oui, vous l'êtes – elle ajouta en riant : Vous voulez être le *seul* – je veux dire au palais, le seul hôte du palais.

Elle termina sa phrase rapidement, mais pas assez ; elle rougit et se sentit prise au piège.

– Bien, allons-y, dit Harry.

Il se leva et se dirigea vers la porte, mettant son casque colonial. Elle sentit que maintenant – par orgueil ou pour prouver son innocence – elle devait être celle qui lambinait. Elle hésita un moment, mais découvrit qu'elle n'avait pas après tout assez d'orgueil (ou d'innocence) pour cela. Elle se hâta de le suivre à la voiture.

Le voyage fut inconfortable, et pas seulement à cause de la chaleur et de la poussière. Ils échangèrent peu de mots, comme s'ils étaient en colère l'un contre l'autre. Cependant Olivia n'était pas contrariée, elle essaya même d'engager la conversation une fois ou deux, mais ce qu'elle dit aurait pu tout aussi bien rester inexprimé. Elle était incapable de se résoudre à parler de ce qui la troublait, de crainte qu'elle n'en dît trop ou qu'il interprétât mal sa pensée.

– Le voici, fit soudain Harry.

Une voiture de sport rouge, découverte, était garée en travers de la route. Comme ils approchaient, le Nawab, portant une casquette écossaise et des lunettes de sport, se dressa, faisant des gestes d'agent de police. Ils s'arrêtèrent.

– Où êtes-vous allés ? demanda-t-il. Je vous ai attendus, attendus.

Il était venu à leur rencontre parce qu'il voulait se rendre à la chapelle Baba Firdaus. Il se sentait fatigué de rester enfermé au palais. Il les invita à monter dans la voiture de sport qu'il conduisait lui-même. Harry ayant fait observer qu'il n'en avait pas envie et voulait rentrer, le Nawab ne perdit pas de temps avec lui et dit :

– Vous venez, Olivia.

Elle ne s'attarda pas non plus sur le cas de Harry, mais s'assit à côté du Nawab. Ils partirent dans une direction, tandis que le chauffeur conduisait Harry dans une autre. On pouvait le voir assis, seul à l'arrière de la limousine, pâle et fâché.

– Pourquoi est-il fâché, Olivia ? Pensez-vous qu'il soit malade ? Est-il malade ? Vous a-t-il dit quelque chose ?

Il était profondément inquiet et continua à parler de Harry presque tout le long du trajet. Il savait que Harry avait souvent le mal du pays et désirait retourner en Angleterre voir sa mère ; et le Nawab souhaitait qu'il s'y rendît, mais en même temps – « Olivia, pouvez-vous comprendre, est-ce que cela paraît très égoïste ? » – il ne pouvait pas se décider à s'en séparer.

– Je vois que d'après vous je suis très égoïste, conclut-il tristement.

Elle savait qu'il n'était pas nécessaire de le contredire. Son rôle était d'écouter, et elle s'en contentait ; d'être près de lui aussi et parfois de jeter un coup d'œil furtif dans sa direction pour l'apercevoir assis, conduisant avec sa casquette et ses lunettes de sport.

– Souvent, j'ai voulu lui dire : Harry, votre mère vous réclame, vous ne demandez qu'à aller la rejoindre, partez ! Il *m'est* arrivé de le dire. Une fois tout était prêt, sa cabine retenue, ses bagages bouclés. Au dernier moment, je me suis effondré. Je ne pouvais pas supporter cette séparation. Alors c'est lui qui a dit : Non, je resterai... Maintenant, nous devons sortir et marcher ; fait-il trop chaud pour vous, Olivia ?

Il la conduisit le long du chemin rocailleux menant au bosquet de Baba Firdaus. Il parlait en marchant et elle l'écoutait, oubliant ainsi quelque peu la brûlure du soleil.

– Si certains êtres sont absents, la vie devient pénible. Une fois, j'ai demandé au fakir d'Ajmer (un très saint homme) : « Pourquoi ces êtres-*là* ? Pourquoi eux et pas d'autres ? » Il me donna la réponse suivante que j'aime beaucoup : « Ceux-là sont les êtres qui se sont trouvés assis un jour près de vous au paradis. » C'est une idée magnifique, n'est-ce pas, Olivia ? Que nous ayons été assis l'un près de l'autre un jour au paradis.

Ils étaient parvenus au bosquet. Il écarta les branches pour elle, ils entrèrent. Aussitôt quelques hommes surgirent de la chapelle. Olivia eut un choc. Ils étaient très rudes, armés, et ils regardèrent un moment de façon menaçante le Nawab et Olivia. Mais, l'instant d'après, comprenant devant qui ils se trouvaient, ils tombèrent aux pieds du Nawab.

Il pria Olivia de s'asseoir sous un arbre. Elle l'observait en train de parler aux hommes. Il paraissait très à l'aise et familier avec eux. Ils se tenaient debout devant lui dans une attitude humble, un regard d'adoration éclairant leurs visages de desperados. Elle était certaine que c'étaient des desperados. Elle les étudiait – ils avaient l'air de bandits médiévaux –, mais pas une seule fois ils ne risquèrent un regard dans sa direction. Le Nawab les renvoya très rapidement, puis il l'appela du sanctuaire :

– Regardez ce que j'ai apporté.

Il tenait deux bouts de fil rouge. Elle attacha le sien la première, puis il noua le sien. Après quoi il demanda :

– Quel vœu avez-vous formulé ?

– Est-on supposé le dire ?

– S'il y a seulement une personne avec vous… Vous savez pourquoi les femmes viennent ici ? Ce qu'elles y demandent ? Est-ce cela que vous souhaitez aussi ?

– Oui.

– Ah !

Il y eut un silence, puis il dit :

– Tout cela relève de la superstition. Mais peut-être est-ce vrai. Ce pourrait l'être, tant de récits font état de miracles. Vous avez entendu l'histoire du Jour des Noces du Mari ? Bien sûr, c'est absolument contraire à la science, et les gens cultivés comme vous et moi…

– Nous avons pourtant attaché des fils.

– Seulement par jeu.

– Qui étaient ces hommes ?

Il ne répondit pas tout de suite et, quand il le fit, ce fut par une autre question :

– Que pensez-vous qu'ils soient ? – Il lui jeta un de ses regards perçants, puis ajouta en riant : Je suppose que selon vous ce sont de mauvais garçons. Vous devez avoir entendu beaucoup d'histoires, je présume, et vous les croyez vraies.

Elle sentit de nouveau qu'elle n'avait pas à se défendre ou à lui répondre.

– Si ce sont de mauvais garçons, poursuivit-il, ils ne doivent pas l'être tant que cela : voyez ce qu'ils sont venus faire ici.

Il montrait le monticule au centre de la chapelle, sur lequel quelques fraîches guirlandes venaient d'être déposées tandis que des bâtonnets d'encens se consumaient encore.

– Ils sont venus sans aucune mauvaise intention, mais pour faire leurs dévotions.

Il la regarda comme pour juger de sa réaction. Mais elle ne réagit pas, elle éprouva seulement quelques très fortes sensations physiques. La vaste étendue frémissante de chaleur autour du bosquet suintait ici et là à travers les feuilles. La présence puissante du Nawab était désormais tournée vers elle seule.

– Venez, dit-il, assoyez-vous avec moi.

Ils s'assirent tous deux sur la marche conduisant à la chapelle. Il lui expliqua gentiment :

– Oui, sans doute sont-ils des hors-la-loi, c'est vrai, mais ce sont néanmoins des êtres humains qui viennent ici – vous comprenez – pour prier et formuler des souhaits. Comme vous et moi.

Il resta silencieux un moment pour lui permettre de s'imprégner de la vérité de ses paroles, ou bien goûter le sentiment de communion qui s'établissait entre eux, le laisser s'insinuer.

– Quand nous partirons d'ici, Olivia, direz-vous, en retournant à Satipur : Oui, le Nawab est un personnage douteux, je l'ai vu de mes yeux rencontrer des hors-la-loi, des dacoïts – il est de mèche avec eux ? Vous direz cela, Olivia ?

Maintenant il attendait vraiment une réponse, et elle n'hésita pas à la lui donner :

– Pensez-vous réellement que je ferais une chose pareille ? s'exclama-t-elle avec une telle sincérité – une telle indignation – qu'il fut satisfait d'elle.

Il lui toucha respectueusement le bras du bout des doigts.

– Non, je ne le pense pas. C'est pourquoi je vous ouvre mon cœur et vous confie tout... S'il vous plaît, ne croyez pas que je veuille que vous disiez seulement : C'est quelqu'un de très bien, une âme belle et noble. Pas du tout. Bien sûr, j'aimerais être une âme belle et noble – il est nécessaire pour nous tous de nous efforcer à l'être – mais je sais aussi combien je suis loin d'un tel but. Oui, très loin, vraiment.

Et il parut découragé.

– Qui ne l'est pas ? s'interrogea Olivia.

Il toucha son bras comme auparavant ; et elle souhaitait à la fois qu'il cessât et qu'il continuât.

– Vous avez raison. Nous en sommes tous loin. Mais il se trouve que quelques personnes... de nombreuses personnes... – il fit une pause pour lui laisser le soin de deviner qui elles étaient – … se dressent en juges des autres, décrétant : ceci est bien, ceci est mal, comme si elles savaient tout. Qui est le major Minnies pour se permettre de me dire : Ne faites pas ceci, et pas cela. Qui lui a accordé le droit de me dire ça, à moi ? *A moi!* répéta-t-il, pointant avec incrédulité le doigt sur sa poitrine. Au Nawab Sahib de Khatm.

Il resta un moment sans parler.

– Savez-vous comment nous avons obtenu notre titre ? C'était en 1817. Mon ancêtre, Amanullah Khan, avait combattu pendant de très nombreuses années. Parfois il luttait contre les Mahrattes, quelquefois contre les Rajputs ou les Moghols ou les Britanniques. C'était une période très troublée. Il allait ici et là avec ses hommes, partout où il y avait des combats et un butin à ramasser. Il fallait qu'ils vivent, tous ! Quand il n'avait pas de quoi payer ses soldats, il arrivait qu'ils se mutinent contre lui, et alors il avait à fuir non pas ses ennemis, mais ses propres troupes ; vous imaginez ! Mais quand les choses s'arrangeaient de nouveau, ils revenaient tous, et d'autres aussi se joignaient à lui. Ainsi se trouvait-il tantôt très haut, tantôt très bas. Telle était sa vie. Olivia, je l'envie. Son nom était redouté de tous – y compris des Anglais ! Quand ils virent qu'ils ne pouvaient le soumettre par aucun moyen, ils voulurent en faire leur allié. Oh ! ils ont toujours été très malins, sachant de quel côté tirer leur avantage. Ils lui ont offert les terres et le revenu de Khatm, ainsi que le titre de Nawab. Et parce qu'il était gagné par la fatigue, il dit : « Oui, ça va », et il devint Nawab et s'établit ici. Parce qu'il était gagné par la fatigue – le Nawab s'assombrit : Mais je pense que l'on peut aussi se lasser de rester assis dans un palais. Alors on sent qu'il serait préférable de ne rien avoir, et de combattre ses ennemis, et de les tuer. On sent qu'on aimerait vraiment le faire. Ne pensez-vous pas, Olivia, qu'il vaudrait mieux affronter ses ennemis de cette manière que de les voir comploter secrètement contre soi et murmurer des calomnies ? Je pense que ce serait bien préférable ! s'écria-t-il soudain, très ému.

Elle tendit la main et la posa sur sa poitrine comme pour l'apaiser. Et de fait, ce geste l'apaisa ; il dit :

– Comme vous êtes bonne pour moi.

Il mit sa main sur la sienne et la pressa plus près contre sa poitrine. Elle se sentit attirée vers lui par une force, un magnétisme qu'elle n'avait jamais encore connu de sa vie avec personne.

– Écoutez, poursuivit-il. Il arriva une fois qu'un prince marwar fit quelque chose qui lui déplut. Je pense qu'il ne lui présenta pas l'opium dans la coupe d'argent qui convenait – c'était presque rien, mais Amanullah Khan n'était pas homme à rester assis sans broncher quand on l'insulte. Contrairement à moi.

Comme Olivia commençait à protester, il poursuivit :

– J'y suis obligé, que faire ? Je n'y peux rien… Il invita donc le prince marwar et toute sa suite à une fête. Une tente de cérémonie fut dressée, tous les préparatifs faits, et les hôtes arrivèrent, prêts à manger et à boire. Amanullah Khan accueillit son ennemi à la porte de la tente et le pressa sur son cœur. Mais après qu'ils furent tous entrés, il fit le signe convenu, ses hommes coupèrent les cordes de la tente et le prince marwar et tous les siens furent pris dans la toile. Une fois qu'ils furent piégés comme des animaux, Amanullah Khan et ses hommes saisirent des dagues et les poignardèrent à travers la toile, encore et encore jusqu'à ce qu'il ne restât plus un seul ennemi vivant. Nous avons toujours cette toile et le sang paraît si frais, Olivia, qu'on croirait que c'est arrivé hier.

Il dut sentir qu'elle essayait de retirer sa main, car il la retint plus fort contre lui. Elle ne pouvait pas lui échapper maintenant, même si elle le voulait.

Il murmura : « Pas ici », et l'éloigna de la chapelle. Ils s'allongèrent ensemble sous un arbre. Après, il plaisanta :

– Voilà le secret du Jour des Noces du Mari.

– Alors, pourquoi m'avez-vous fait attacher un fil ? demanda-t-elle.

Il rit, et rit encore ; il était si content d'elle.

☆

31 juillet. – Mâjî m'a annoncé que j'étais enceinte. Tout d'abord je ne l'ai pas crue – comment serait-ce possible de le dire si tôt, même si c'était vrai ? –, mais elle en était absolument certaine. De plus, elle m'a prévenue que je ferais mieux de me tenir sur mes gardes car toutes les sages-femmes de la ville ne tarderont pas à m'offrir leurs services. Elles savent toujours, m'a-t-elle dit, avant tout le monde. Elles peuvent en juger à la façon dont une femme marche et se tient. C'est leur travail, et elles sont toujours à la recherche de clientes. Il n'y a pas de doute, a-t-elle ajouté, bientôt elles seront après moi.

Elle était si formelle que j'ai commencé à la croire. Elle devait savoir grâce à une sorte de seconde vue – il me semble qu'elle a des pouvoirs que les autres n'ont pas. Un jour où j'avais la migraine, elle a mis la main sur mon front et je ne puis décrire les étranges sensations qu'elle m'a transmises. Elles ont duré des jours. Aussi avais-je pensé que rien au sujet de Mâjî ne me surprendrait plus. Quand elle m'a révélé en passant qu'elle avait deviné mon état parce qu'elle avait été sage-femme, cela me surprit davantage que si elle avait vraiment dévoilé des pouvoirs surnaturels.

Elle rit de ma réaction. Pensais-je donc qu'elle avait toujours mené cette vie oisive ? Pas du tout. Elle avait été mariée, elle avait eu plusieurs enfants. Malheureusement, son mari n'était pas trop du genre à faire bouillir la marmite – il préférait son *toddy* [1] et la compagnie des amis assemblés autour du débit de boissons – et la charge de la famille était retombée sur elle. Sa mère était sage-femme, sa grand-mère aussi, et elles lui avaient appris tout ce qu'elles savaient. (Je me demandais si sa mère et sa grand-mère pouvaient être les femmes qui prirent soin d'Olivia ? Sans doute !) Après que son mari fut mort et ses enfants établis, elle avait abandonné sa profession et passé plusieurs

1. Alcool de palme.

années à visiter les lieux saints pour y glaner tout l'enseignement qu'elle pouvait. Finalement elle était revenue à Satipur, et s'était construit cette petite hutte pour y habiter. Depuis, ses amis se sont occupés d'elle, lui apportant la nourriture dont elle a besoin, aussi n'a-t-elle aucun souci au monde. Ses enfants vivent tous assez loin, mais parfois l'un ou l'autre vient lui rendre visite ou lui écrit une lettre.

J'étais tellement stupéfaite d'entendre tout cela – n'ayant jamais imaginé qu'elle avait pu mener une vie profane – que j'oubliai complètement ce qu'elle m'avait révélé à mon sujet. Ce fut elle qui me le rappela ; elle posa la main sur mon ventre et me demanda ce que j'avais l'intention de faire. Elle dit qu'elle m'aiderait si je le voulais – je ne la compris pas tout d'abord, et ce fut seulement quand elle le répéta que je compris qu'elle me proposait un avortement. Elle ajouta que je pouvais me fier totalement à elle, car, bien qu'elle n'eût pas exercé depuis de nombreuses années, elle en savait toujours long sur le sujet. Il existait plusieurs méthodes pour provoquer un avortement et elle les avait toutes employées à un moment ou à un autre. Cela fait partie intégrante des qualifications de la sage-femme indienne, parce que dans beaucoup de cas c'est la seule manière de sauver les gens du déshonneur et de la souffrance. Elle me parla de divers avortements qu'elle avait pratiqués pour la bonne cause, et je fus si fascinée qu'une nouvelle fois j'en oubliai mon cas personnel. Mais plus tard, en rentrant à la maison sous la pluie – la mousson avait commencé –, j'y pensai. Je fus avant tout intéressée et amusée, au point que je me mis à sauter par-dessus des flaques d'eau, puis y bondis à pieds joints, riant quand je m'éclaboussais.

15 août. – Chid est revenu. Il a tellement changé qu'au premier abord je ne le reconnus pas. Il ne porte plus sa robe orange, mais il a acheté un pantalon kaki, une chemise et une paire de chaussures. Le chapelet et le bol à aumône ont également disparu, et sa tête rasée est en train de se couvrir de touffes de che-

veux. D'un ascète hindou il s'est transformé en ce que je ne saurais appeler autrement qu'un jeune chrétien. La métamorphose ne s'en tient pas aux apparences. Il est devenu très tranquille – non seulement il ne parle plus avec la même tension qu'avant, mais il ne parle presque plus du tout. Et il est de nouveau malade.

A part quelques allers et retours aux toilettes, il ne bouge presque pas d'un coin de ma chambre, où il passe son temps à dormir. Il ne m'a pas raconté comment ou pourquoi il s'était séparé de la mère d'Inder Lal et de Ritu. Je n'ai pas non plus idée de ce qui a pu lui arriver pour le changer de la sorte. Il ne veut pas en parler. Il ne dit rien de plus que : « Je ne peux pas supporter l'odeur. » (Je sais, bien sûr, ce qu'il entend par là : l'odeur de ceux qui vivent et mangent d'une manière différente de la vôtre ; je l'avais remarquée même à Londres quand je me trouvais près d'Indiens dans les autobus ou les métros bondés.) De même Chid ne peut plus supporter la nourriture indienne. Il n'accepte que des aliments simplement bouillis, et son plat favori est la soupe anglaise que je lui prépare. L'odeur de la cuisine indienne le fait littéralement se récrier de nausée et de dégoût.

Inder Lal est très déçu par Chid. Il attend toujours que recommence le feu d'artifice des déclamations de doctrine hindoue, mais il ne reste rien de tout cela en Chid. En tout cas, Inder Lal est mécontent de son retour. Je devrais expliquer que, peu après notre pique-nique à la chapelle de Baba Firdaus, un changement s'est opéré dans mes relations avec Inder Lal. Il monte maintenant la nuit dans ma chambre. Par égard pour les voisins il fait semblant d'aller dormir en bas, mais dès qu'il fait noir il grimpe furtivement. Je suis sûre que tout le monde sait ; cela ne fait rien, ils n'y attachent pas d'importance. Ils comprennent qu'il est seul et que sa famille lui manque beaucoup ; aucun être humain n'est censé vivre sans famille.

Chid revenu, ses visites nocturnes mettaient tout d'abord Inder Lal mal à l'aise. Cependant je lui ai assuré que tout allait bien, puisque Chid dort presque constamment. Il reste étendu là et gémit, et il est difficile de croire que c'est celui-là même qui se livrait sur moi à toutes ces prouesses démesurées. Inder

Lal et moi sommes allongés sur mon sac de couchage dans le coin opposé, et je trouve sa présence de plus en plus délicieuse. Il me fait maintenant totalement confiance et se montre très affectueux. Je pense qu'il préfère être avec moi dans le noir. Tout est alors caché, intime et reste entre nous deux seulement. Je sens aussi que cela fait une différence pour lui de ne pas me *voir*, je suis consciente que mon aspect a toujours représenté pour lui un obstacle. Dans le noir il peut l'oublier, il n'a pas non plus à se sentir honteux de moi devant les autres. Il peut se laisser aller complètement, et il le fait. Pas seulement physiquement (quoique cela aussi), mais il extériorise tout ce qu'il a en lui – tout son attachement et sa gaieté. A de tels moments me reviennent à l'esprit tous ces récits sur les nombreuses espiègleries et les tours intrépides de l'enfant Krishna[1]. Je pense aussi à ma grossesse et j'y pense comme à une part de lui-même. Mais je ne lui en ai pas parlé.

J'ai *essayé* de le lui dire. Je suis allée exprès l'attendre à son bureau et l'ai conduit au cimetière britannique, de l'autre côté de la route ; c'est le coin le plus solitaire auquel j'aie pu penser. Il ne s'est pas montré le moins du monde intéressé par l'endroit ; en fait il ne s'était jamais soucié d'y entrer auparavant. La seule chose qui lui ait fait impression est l'ange italien des Saunders qui s'élève toujours au-dessus des autres tombes : non plus répandant sa douce bénédiction, mais comme un torse sans tête et sans ailes. Inder Lal ne sembla pas ému par ces mutilations. Elles lui paraissaient probablement naturelles – après tout, il a grandi parmi des Apsaras[2] sans bras et des Shivas[3] décapités chevauchant ce qui reste de leurs taureaux. Dans son état actuel, l'ange a perdu tout aspect italien pour devenir tout à fait indien.

Je lui ai montré la tombe du lieutenant Edwards et lui ai lu l'inscription : « Père bon et indulgent, et par-dessus tout remarquable… »

1. Huitième incarnation du dieu Vishnu dont la jeunesse se passe en jeux, souvent érotiques, avec les bergères.

2. Danseuses célestes.

3. L'un des trois grands dieux hindous dont la monture est un taureau. Nombre de statues indiennes ont été mutilées, notamment par les musulmans.

– Cela signifie, expliquai-je en me tournant vers Inder Lal, qu'il était un très bon mari et père, comme vous.

– Que puis-je faire ? fut son étrange réponse.

Je pense qu'il voulait dire qu'il n'avait d'autre choix que d'être un bon mari et père, étant parvenu à ce stade de sa vie, qu'il l'aime ou pas. Et, tout bien pesé, je pense qu'il ne l'aime pas. Quoi qu'il en fût, je résolus de ne souffler mot au sujet de ma grossesse. Je ne veux rien gâcher.

☆

## 1923

Quand Olivia découvrit qu'elle était enceinte, elle ne l'annonça pas à Douglas. Elle laissa passer les jours sans le faire, et pour finir il advint qu'elle se confia d'abord au Nawab.

Un matin, en arrivant au palais, elle trouva tout le monde qui courait, faisant ou portant des bagages, lançant des ordres contradictoires. Même Harry remplissait ses valises dans sa chambre et paraissait d'assez bonne humeur. Ils partaient enfin à Mussourie, la Bégum en avait décidé ainsi la nuit précédente. Une de ses femmes avait été souffrante et on lui avait prescrit de changer d'air ; aussi la Bégum avait-elle dit qu'ils partiraient tous. Cela ferait également du bien à Harry, pensait-elle ; elle s'inquiétait beaucoup pour lui.

– Oh ! Vous la voyez souvent ? demanda Olivia.

Depuis le jour où Harry lui avait démontré qu'il était offensant pour elle de n'être pas reçue dans les appartements des femmes, ils n'avaient plus mentionné la Bégum. Mais Olivia savait que Harry y était reçu comme un intime.

– Chaque jour, répondit-il. Nous jouons aux cartes, elle aime ça – il changea de sujet : Et le Nawab est fatigué aussi d'être ici ; alors, aujourd'hui, tout le monde fait ses bagages.

– Il s'ennuie ?

– C'est ce qu'il dit. Mais il y a quelque chose d'autre.

Il fronça les sourcils et continua méticuleusement de ranger ses affaires.

– Quoi ?

– Oh ! je ne sais pas, Olivia.

Bien que réticent, il semblait désireux de partager ses pensées.

– Il ne veut pas me dire exactement, mais je sais qu'il y a des problèmes. En fait, le major Minnies est avec lui en ce moment même. N'avez-vous pas vu sa voiture dehors ? Je m'interrogeais à ce sujet, espérant que vous ne vous croiseriez pas dans l'escalier ou quelque chose d'approchant.

– Pourquoi pas ? Quelle importance ? Je suis venue vous voir.

– Bien sûr.

Il continuait de ranger. Elle l'interrompit impatiemment :

– Arrêtez cela, Harry, et dites-moi ce qui se passe. Je dois savoir.

Il se trouvait agenouillé sur le sol et se retourna alors en lui lançant un regard qui la fit se reprendre :

– J'aimerais savoir.

– Moi de même, lui assura-t-il – il laissa sa valise et vint s'asseoir près d'elle. Le voudrais-je vraiment ? Parfois je sens qu'il est aussi bien de tout ignorer.

Ils restèrent silencieux. Tous deux regardaient à travers les treillages de la fenêtre qui encadrait le jardin au-dessous. L'eau des canaux qui entrecoupaient les pelouses reflétait un ciel changeant et glissant avec les nuages de mousson.

– Je sais qu'il a des ennuis. Cela fait des années, poursuivit Harry. Des ennuis financiers – Khatm est ruiné –, et puis toute cette affaire avec Sandy et les Cabobpur qui se sont plaints à droite et à gauche, essayant de faire un procès au sujet de sa dot. Et, bien sûr, cela le heurte et il s'entête à résister quoiqu'il n'en ait pas réellement les moyens. Dernièrement, les rapports avec Simla se sont envenimés, et je sais qu'il a eu des entrevues assez difficiles avec le major Minnies. Je *déteste* que le major Minnies vienne ici.

Il rougit et parut hésiter à continuer, mais poursuivit :

– Parce que après ces visites il est toujours très bouleversé.

Vous allez voir quand il montera. Il s'en prend habituellement à moi – ne pensez pas que je me plaigne, ce n'est pas le cas, je suis heureux si cela peut lui faire du bien, car je vois à quel point il est blessé. Il est terriblement, terriblement sensible, Olivia, et naturellement quand le major Minnies lui parle de cette manière – quand il le menace…

– Comment osent-ils ? s'exclama Olivia.

– Voyez-vous, en vérité il n'est qu'un très petit prince, et ils n'ont pas besoin de lui montrer autant d'égards qu'ils en témoignent par exemple à la famille Cabobpur. Et il le ressent cruellement. Il sait ce qu'il est, comparé aux autres. Vous devriez voir le vieux Cabobpur : un gros cochon ; il n'y a rien de royal en lui. Alors que, évidemment, *il* est…

– Oui.

Ils entendirent sa voix, son pas si reconnaissable dans l'escalier. Ils attendaient. Il entra en coup de vent sans frapper – ce qui n'était pas dans ses habitudes : il faisait preuve en toute autre circonstance de la plus extrême courtoisie en pénétrant dans l'appartement de son hôte. Mais il était manifestement dans tous ses états. Il traversa la pièce et se rendit tout droit à la fenêtre où il s'assit, bouillant.

– Je verrai le vice-roi lui-même, dit-il. Il est inutile de parler avec le major Minnies ou aucune autre personne de cet acabit. C'est comme discuter avec des domestiques. Je ne discute pas avec les domestiques – ses narines se dilataient, il ajouta : La prochaine fois qu'il viendra ici, je refuserai de le voir. Je déchirerai toute lettre qu'il osera m'écrire et lui renverrai les morceaux – il se tourna vers Harry : *Vous* pourrez les lui rapporter. Vous pourrez les lui jeter au visage et dire que telle est votre réponse. Mais je présume que vous n'aimeriez pas le faire.

Il lança un coup d'œil féroce à Harry, qui baissa la tête. Olivia non plus ne regardait pas le Nawab.

– Je suppose que vous seriez effrayé de le faire. Vous avez peur du major Minnies et autres créatures de cette sorte. Répondez ! Ne restez pas assis là comme une pierre, répondez ! Oh ! Vous êtes pareils, vous et le major Minnies. Je ne sais pas pourquoi vous restez ici avec moi. Vous voudriez être avec lui et les autres Anglais. Vous n'éprouvez de sentiment que pour eux, rien pour moi.

– Vous savez que c'est faux.

Harry faisait de son mieux pour avoir l'air calme et raisonnable. Cela exaspéra d'autant plus le Nawab. Il se tourna vers Olivia :

– Maintenant, il joue l'Anglais avec moi : si froid, si placide, ne s'emportant jamais. Il joue le major Minnies avec moi. Quelle différence avec ces terribles Orientaux ! Olivia, est-ce que vous aussi vous haïssez et méprisez les Orientaux ? Bien sûr que oui. Et vous avez raison, je pense. Parce que nous sommes très stupides de laisser les autres piétiner et froisser nos sentiments tout à leur aise. Les Anglais ont de la chance – ils n'ont pas de sentiment du tout. Regardez-le, dit-il, montrant Harry. Il est resté avec moi tant d'années, mais est-ce qu'il se soucie de moi ? Vous voyez, il n'essaie même pas de me répondre.

Il était assis à la fenêtre, son profil se dessinait sur le fond que formaient les jardins et le ciel comme un portrait de souverain peint avec ses domaines en arrière-plan.

– Et vous, fit-il à Olivia, vous non plus vous ne vous souciez pas de moi.

– Non ? Alors pourquoi suis-je ici ?

– Vous êtes venue pour rendre visite à Harry. Vous voulez être avec lui. Et je vous suis très reconnaissant d'être aussi gentille avec lui, parce que sans vous il s'ennuierait terriblement, seul ici. Et sa santé n'est pas bonne.

Il se leva, s'approcha de Harry et toucha son épaule avec affection.

– Je ne peux pas supporter ça, murmura Harry.

– Je sais que vous ne le pouvez pas. Je suis quelqu'un d'insupportable. Le major Minnies a raison.

– Ce n'est pas ce que je voulais dire.

– Mais c'est vrai.

Il sortit et Olivia le suivit. Comme il descendait l'escalier, elle l'appela par son nom, ce qu'elle n'avait jamais fait auparavant. Il se figea et leva les yeux vers elle, surpris.

Elle se précipita vers lui, et quand elle arriva à sa hauteur, elle ignorait encore ce qu'elle allait lui dire. Par la suite, en y repensant, il lui sembla qu'elle n'avait pas eu l'intention de lui parler de sa grossesse. C'est pourtant ce qu'elle fit. Elle lui annonça la nouvelle à voix basse, et, comme ils se trouvaient au milieu du palais avec des serviteurs et des gens de sa suite sur chaque palier, et qui sait quelles femmes épiant derrière les rideaux, il ne put montrer sa réaction.

Après cela il n'eût pas été correct de n'en point faire part à Douglas ; elle s'y décida la nuit même.

Le jour suivant, elle attendait son mari et le major Minnies qu'ils avaient convié à dîner, quand vers huit heures un péon vint de la part de Douglas prévenir qu'ils seraient tous deux en retard. Un quelconque événement était encore survenu, bien que Douglas n'eût pas dit lequel. Olivia resta assise sur la véranda. Elle avait guetté toute la journée, non pas Douglas, mais un messager du palais. Personne n'était venu. Elle ignorait ce qui s'était produit ; en principe, ils avaient quitté Khatm pour Mussourie, mais elle ne pouvait croire qu'ils fussent partis sans chercher à la voir ou communiquer d'abord d'une façon ou d'une autre avec elle. Elle avait résolu que, s'ils avaient plié bagage, elle irait les rejoindre. Elle dirait à Douglas qu'elle ne pouvait pas supporter la chaleur et devait partir immédiatement dans les montagnes. Elle se rendait compte qu'il lui serait impossible de rester assise seule ici dans une attente vaine.

Une fois que le major Minnies et Douglas furent arrivés, elle fit de son mieux pour surmonter son trouble et jouer le rôle qui lui incombait. Elle s'assit à la table du dîner entre les bougies blanches – sa robe était blanche aussi, de la dentelle blanche – et bavarda avec eux au sujet d'une fête au champagne sur la Cam à laquelle Marcia et elle avaient assisté et où l'un des bateaux s'était retourné. Elle sentait les deux hommes aussi tendus et perturbés qu'elle. Lorsqu'elle les laissa à leur alcool et leurs cigares, elle les entendit parler sur un ton soucieux ; et quand ils vinrent la retrouver sur la véranda, tous deux étaient graves. Elle demanda :

– Ne me direz-vous pas ce qui s'est passé ?

Ils le firent avec réticence (le major Minnies dit qu'il était dommage de gâcher la soirée). Bien entendu, le Nawab était encore impliqué. Sa bande de dacoïts, au lieu de se cantonner au territoire de Khatm, s'était répandue dans la province placée sous la juridiction de Mr. Crawford. Ils avaient lancé une expédition contre un village à environ sept kilomètres de Satipur et avaient emporté de l'argent et des bijoux. Personne n'avait été tué, mais plusieurs villageois, qui avaient essayé de cacher leurs biens, avaient été molestés. Une femme avait eu le nez coupé. Aussitôt que le rapport des villageois était parvenu à Satipur, Mr. Crawford et Douglas en avaient informé le major Minnies qui s'était fait conduire sur-le-champ au palais. Le Nawab avait refusé de le recevoir.

– Mais ils sont partis pour Mussourie, fit Olivia – qui ajouta prudemment : Harry me l'a dit. Je l'ai vu hier.

– Ils devaient partir ; bien entendu, comme d'habitude, la Bégum a changé d'avis, répondit le major. Je ne sais ce qui est survenu cette fois-ci – je pense que quelqu'un a dû entendre une chouette, ce qui est évidemment de très mauvais augure avant un voyage, aussi ont-ils tous défait leurs valises.

Olivia rit de la superstition, mais ce n'était qu'un prétexte. En réalité, sa gaieté était celle du soulagement ; ils étaient encore là, ils n'avaient pas déserté le palais.

– Je n'ai pas été surpris quand il n'a pas voulu me voir, car nous avons eu malheureusement une scène assez vive pas plus tard qu'hier. Il s'est beaucoup… énervé, ajouta le major Minnies.

– Quelle impudence ! lança Douglas avec véhémence. J'espère que Simla ne va pas tergiverser plus longtemps avec lui.

– Non, il semble qu'ils ne le feront pas. Les meules de Simla broient lentement, mais extrêmement fin. Je crains que ce soit d'avoir présenté les choses en ces termes qui l'a contrarié.

– Cela vous a-t-il étonné ? demanda Olivia.

Elle sentit que le major l'observait dans la pénombre de la véranda. Son cigare rougeoyait à chaque bouffée. Il lui répondit calmement :

– Non.

Douglas, lui, n'était pas calme :

– Il est temps qu'il reçoive une leçon.

– Tu parles comme s'il s'agissait d'un écolier ! s'écria Olivia.

Le major Minnies, équitable et judicieux, intervint :

– D'un certain côté, c'est un homme bien. Il possède de belles qualités – et si seulement elles étaient accompagnées d'un peu de maîtrise de soi, de discipline…

Olivia sentit de nouveau ses yeux s'attarder sur elle dans le noir ; il poursuivit :

– D'une certaine façon, je l'admire. Et je pense que vous aussi.

– Oui, répondit-elle.

Il hocha la tête.

– Vous n'avez pas tort. Non, s'interposa-t-il alors que Douglas commençait à protester, il faut être honnête. Il a une personnalité forte, puissante et peut-être, en d'autres circonstances… Je l'ai tenu en estime, ajouta-t-il – et il semblait s'adresser maintenant seulement à Olivia. Comme vous le savez, je traite avec lui depuis plusieurs années et nous avons eu, je ne puis le nier, beaucoup d'ennuis avec lui.

– Et de quelle sorte ! interrompit Douglas, incapable de se retenir. Il est une menace pour lui-même, pour nous et pour ces misérables habitants de ce misérable petit État. La pire espèce de souverain – la pire espèce d'Indien – qu'on puisse trouver.

– Peut-être avez-vous raison ; sans aucun doute vous avez raison, convint le major Minnies.

Il resta silencieux et pensif un long moment, puis il dit lentement, comme s'il faisait un aveu :

– Parfois, je pense que je ne suis pas tout à fait ce qu'il faut pour l'Inde. Mary et moi en avons parlé. Non que j'aie à aucun moment de ma carrière envisagé de changer de travail ou de résidence – jamais, pour rien au monde ! fit-il avec une intensité qui surprit Olivia. Mais je m'aperçois qu'à beaucoup d'égards je vais trop loin.

– Vers quoi ? s'enquit Olivia.

– L'autre dimension – il sourit, ne voulant peut-être pas

paraître trop sérieux. Je pense que je me suis laissé par trop fasciner. Prenez le Nawab : je ne peux pas nier qu'il me fascine, comme je suis sûr, dit-il à Olivia, qu'il vous fascine également.

– Oh ! bonté, chérie, s'esclaffa Douglas, c'est vrai ?

– Eh bien, fit Olivia en riant à son tour, c'*est* un homme fascinant… Et terriblement beau.

– Réellement ? demanda Douglas, comme s'il ne l'avait jamais vu sous cette lumière.

– Oh ! absolument, confirma le major. C'est… un prince. Il n'y a pas d'autre mot pour le qualifier. L'ennui, c'est que son État n'est malheureusement pas tout à fait assez princier pour satisfaire son ambition, non plus que ses besoins d'argent.

– Aussi est-il conduit au vol à main armée pour se rattraper ? Douglas était amusé.

– Je pense également qu'il s'ennuie mortellement, poursuivit le major. C'est un homme qui a besoin d'action – une vaste arène… Je sais toujours quand il se sent particulièrement frustré parce qu'il commence alors à parler de son ancêtre, Amanullah Khan.

– Ce brigand, fit Douglas.

– L'était-il ? demanda Olivia au major.

– Un aventurier – dans une époque d'aventuriers. C'est cela qui manque à notre ami : l'aventure. Il n'est pas du genre à rester assis tout le jour dans un palais, ou il ne voudrait pas l'être. Mais il n'y a rien d'autre pour lui, et du reste c'est tout ce qu'il a toujours connu.

– Tout ce qu'il peut faire, commenta Douglas.

– J'ai rencontré dans le temps son père, dit le major à Olivia. Quelle personnalité ! Un grand penchant pour les bayadères – jusqu'à ce qu'il se rendît en Europe et découvrît les girls. Il en ramena plusieurs avec lui, et l'une d'elles resta des années. Elle était installée dans cette pièce où se trouve maintenant… Comment s'appelle-t-il ?

– Harry ?

– En fait, le vieux Nawab y mourut. Il eut une attaque alors qu'il était avec elle… C'était un grand connaisseur en poésie urdu. Chaque année, il y avait un symposium à Khatm auquel assistaient les meilleurs poètes de toute l'Inde. Le vieux Nawab n'était pas mauvais poète lui-même, il était toujours en train de composer des strophes – attendez, laissez-moi voir si je me rappelle...

Après un moment il se mit à déclamer dans un mélodieux urdu ; cela semblait très beau. Olivia leva les yeux vers le ciel, sillonné par les vaguelettes des nuages de mousson. La lune y voguait lentement. Elle suivait ses propres pensées.

– *Sur cette rose, des gouttes de rosée ou des larmes ? Lune, ta lumière fait de chaque chose une perle* – il s'excusa : Ça ne ressemble pas à grand-chose en anglais, j'en ai peur.

– Non, c'est toujours ainsi, commenta Douglas.

Dans le noir, il prit la main d'Olivia et la tint dans la sienne. Le major continuait à réciter en urdu. Sa voix était forte et sonore, et Douglas murmura à sa femme :

– Es-tu bien ? – Elle lui sourit et il lui pressa la main. Heureuse ? demanda-t-il – et comme elle lui souriait encore il porta sa main à ses lèvres.

Le major ne le vit pas, il regardait le ciel et déclamait en urdu ; sa voix vibrait d'émotion – un mélange de respect et de nostalgie. Il soupira :

– Cela vous empoigne, vraiment.

– N'est-ce pas ? admit poliment Olivia.

Mais elle ne se sentait touchée ni par la poésie ni par l'émotion du major. Elles ne signifiaient, lui semblait-il, pas grand-chose. Elle se remémora ses propos – sur le fait d'aller trop loin – et cela la rendit méprisante. Qu'en savait-il ? S'il pensait que les sentiments nostalgiques suscités par un peu de poésie psalmodiée au clair de lune, c'était cela, aller trop loin ! Elle éclata de rire devant une telle présomption, et Douglas pensa que c'était de bien-être, ce qui le rendit très heureux.

– Saviez-vous que le vieux Nawab était mort dans cette chambre ? demanda Olivia à Harry.

– Que savez-vous d'autre ?

– Oh ! il y avait une certaine girl...

Il éclata de rire, puis lui conta le reste de l'aventure. Après la mort du vieux Nawab, la Bégum n'avait pas permis à la fille de quitter le palais sans restituer au préalable tous les objets de valeur qu'elle avait reçus. La fille – une petite personne coriace du Yorkshire, commenta Harry – avait essayé d'en garder quelques-uns. C'était compter sans la Bégum. Un jour – en fait, c'était le milieu de la nuit – la fille arriva à Satipur avec pour tous vêtements ceux avec lesquels elle s'était enfuie (une chemise de nuit de satin et un kimono japonais). Elle était dans un piteux état et prétendait que la Bégum avait tenté de l'empoisonner. Le Collecteur et sa femme, qui n'accueillaient pas son histoire avec un total scepticisme, la calmèrent de leur mieux, promettant de l'envoyer à Bombay et de veiller à ce qu'elle prît le prochain bateau. Mais quand ils offrirent d'envoyer quelqu'un au palais pour y chercher ses affaires, elle devint hystérique et les supplia de n'en rien faire. Elle leur dit qu'elle avait entendu raconter qu'une fiancée, dont ne voulait pas la famille du promis, avait reçu des habits de noces empoisonnés : l'infortunée victime n'avait pas plus tôt passé le corsage de tissu d'or qu'il lui colla à la peau, l'imprégnant d'onguents mortels. La fille jura que c'était vrai – elle le tenait du vieux Nawab ; toutes les tentatives pour sauver la fiancée étaient restées vaines et elle était morte dans d'atroces souffrances. La vieille femme qu'on avait chargée de préparer ce fatal habit vivait toujours au palais de Khatm. Elle habitait les appartements du purdha où, très choyée, elle transmettait son art à d'autres. « Oh ! vous ne savez pas ce qui s'y passe », avait dit la fille en frissonnant. Personne ne put l'arracher à ses craintes et, bien que la Bégum lui eût de son propre chef expédié ses malles, la fille refusa d'y toucher et partit pour Bombay, affublée de vêtements prêtés par les dames de Satipur.

Olivia sourit à ce récit :

– Elle devait être folle. Ces pauvres choses dans les appartements du purdha – elle demanda incidemment : Savent-elles, à mon sujet ?

– Savent-elles quoi ? fit Harry.

Olivia n'avait pour ainsi dire jamais pensé aux femmes cloîtrées du purdha. Il lui semblait parfois que les rideaux des galeries remuaient, mais elle ne levait pas les yeux. Le Nawab ne lui parlait jamais de sa mère. Olivia avait compris que la Bégum appartenait à un autre espace de sa vie, peut-être un coin plus reculé de son cœur ; cela renforçait son orgueil et son entêtement, si bien qu'elle refusait de lui parler de sa mère ou de reconnaître son existence.

Le Nawab lui parut plus tendre avec elle qu'il ne l'avait jamais été. Il l'envoyait chercher tous les jours et ne fit pas secret de leurs relations dans le palais. Il commença même à la conduire dans sa chambre à coucher, où elle n'avait jamais été introduite auparavant. Elle le suivait où il l'appelait, et exécutait tout ce qu'il voulait. Elle non plus ne faisait secret de rien. Elle se rappelait ce que Harry lui avait confié un jour : « On ne dit pas non à quelqu'un comme lui. » Et elle lui donnait raison.

Le Nawab était ravi de la grossesse d'Olivia. Il caressait souvent ses hanches minces, son petit ventre plat et lui demandait :

– Vraiment, vous ferez cela pour moi ? – Il semblait frappé d'étonnement. Vous n'êtes pas effrayée ? Oh ! comme vous êtes brave !

Sa surprise la faisait rire.

Il ne douta jamais un moment que l'enfant fût de lui. La question simplement ne se posait pas pour lui, de sorte qu'Olivia – qui ne cessait de s'interroger – n'osa même pas y faire allusion. Il devint possessif avec elle, et chaque soir, quand il était temps pour la voiture de la reconduire, il tentait tout pour la retarder, la conjurant même de rester avec lui plus longtemps. Elle détestait ces moments-là, et devait alors le supplier de la laisser partir. Et il lâchait : « Bien, allez ! » mais avec un air si abattu que cela devenait chaque fois plus difficile pour elle. Cependant elle n'avait pas le choix. Elle redoutait l'instant où sonnerait l'heure du départ et où il dirait : « Non. Restez. »

Une fois, il exigea :

– Non. Restez avec moi. Restez pour toujours – puis il ajouta : Il le faudra, très bientôt maintenant. Votre place est ici.

Il n'avait aucun doute là-dessus. Elle savait que si elle demandait : « Et Douglas ? » il balaierait sa question d'un revers de la main – parce que, en ce qui le concernait, Douglas avait déjà été balayé.

Un dimanche, un aumônier anglais vint d'Ambala célébrer l'office dans la petite église. Après quoi Olivia et Douglas s'attardèrent dans le cimetière ; ils ne l'avaient pas visité depuis le jour où ils s'y étaient querellés. C'était très différent maintenant. Quoique le soleil fût encore chaud, les arbres n'étaient plus poussiéreux mais humides et d'un vert ruisselant. Les averses avaient également lavé la poussière des tombes sur lesquelles les inscriptions ressortaient avec plus de netteté, et des touffes d'herbe jaillissaient des fentes dans la pierre.

Douglas, évoluant à grandes enjambées entre les tombes, lisait les épitaphes désormais familières. Tout à son occupation, il avançait si vite qu'Olivia dut l'appeler. Il se retourna et la vit venir à lui dans sa robe mauve pâle, avec une jupe à volants, assortie à son ombrelle. Il se hâta vers elle et l'embrassa là, parmi les tombes. Ils marchèrent côte à côte en se donnant le bras. Il parlait de tous ces jeunes gens enterrés ici, et d'autres encore, ses ancêtres, reposant dans des cimetières d'autres régions de l'Inde. « Des types formidables », dit-il. Il y avait Edward Rivers, l'un des jeunes administrateurs de la bande de Henry Lawrence au Pendjab ; John Rivers, un fameux chasseur de sangliers tué en tombant de cheval à Meerut ; et un homonyme, un Douglas Rivers mort dans la Mutinerie. Il était présent à l'assaut de la Kashmere Gate qui avait aussi été fatal au héros de Dehli. L'ancêtre de Douglas avait succombé à ses blessures un jour seulement après Nicholson et était enterré près de lui, au cimetière Nicholson de Dehli. Le ton de Douglas rendit Olivia moqueuse :

– Tu as l'air de l'envier.

– Eh bien, fit Douglas, un peu décontenancé, ce n'est pas une mauvaise manière de s'en aller… Mieux que de mourir alcoolique, ajouta-t-il s'essayant à plus de légèreté. Quelques-uns d'entre eux sont aussi morts de cette façon. Cela peut devenir très pénible quand on reste coincé trop longtemps dans un district, tout seul.

– Avec seulement quelques millions d'Indiens, ne put s'empêcher de dire Olivia.

Mais ils arrivaient alors devant l'ange des Saunders et Douglas s'efforça de détourner son attention. Il la força à poser sa tête contre son épaule et ne la relâcha que lorsqu'ils eurent dépassé la tombe et atteint celle du lieutenant Edwards. Il la fit s'arrêter là parce que la pierre était à l'ombre d'un arbre. Ils demeurèrent là, bien à l'abri.

– « Père bon et indulgent », lut Douglas – il se tourna pour embrasser Olivia et murmura : Préférerais-tu un militaire ou un civil ?

– Comment sais-tu que ce sera un garçon ?

– Oh ! je suis presque sûr… Et il fera quelque chose de bien aussi, tu verras.

Il l'embrassa encore et passa ses mains le long de ses hanches fines, de son ventre plat.

– Tu n'es pas effrayée ? demanda-t-il. Tu feras réellement cela pour moi ? Comme tu es courageuse !

Il pensa qu'elle était émue parce que non loin se trouvait la tombe de l'enfant des Saunders. Ou peut-être l'endroit avait-il un effet néfaste sur elle – les cimetières étaient morbides, bien sûr, en particulier pour quelqu'un dans son état. Comme si souvent dans ses rapports avec elle – qu'il sentait tellement plus fine, plus frêle que lui, ou n'importe qui d'autre de sa connaissance –, il se reprochait d'être maladroit, lourdaud ; et il n'eut qu'une hâte : l'éloigner de cet endroit.

☆

20 août. – Douglas eut un fils – non pas d'Olivia mais de sa seconde femme, Tessie. Ce fils (mon père) naquit en Inde et y

vécut jusqu'à l'âge de douze ans, époque à laquelle il fut envoyé au collège en Angleterre. Il ne revint jamais en Inde : au moment où il eût été prêt à le faire, il n'avait plus de raison d'y retourner. Au lieu de quoi il entra dans le commerce des antiquités. Lorsque l'Inde devint indépendante, Douglas, qui venait juste d'atteindre l'âge de la retraite, rentra en Angleterre avec tout le monde. Tessie et lui s'étaient sérieusement interrogés pour savoir s'ils rentreraient ou resteraient en Inde afin d'y passer leurs années de retraite. Plusieurs de leurs amis avaient fait le second choix – ceux qui, comme eux-mêmes, avaient passé la plus grande partie de leur vie dans la colonie et aimaient ce pays plus qu'aucun autre. Beth, la sœur de Tessie, et son mari avaient acheté une charmante maison à Kasauli pour s'y installer, pensaient-ils, jusqu'à la fin de leurs jours. Cependant, au bout de quelques années, l'endroit cessa de leur paraître aussi plaisant. L'indianisation de l'Inde était, certes, hautement désirable, disaient les Crawford – toujours impartiaux et attentifs à tous les aspects d'un problème –, mais elle l'était davantage pour les Indiens que pour les Crawford. Ils revinrent donc eux aussi en Angleterre où ils acquirent une demeure dans le Surrey, suffisamment proche de Douglas et Tessie pour qu'ils pussent leur rendre de fréquentes visites. Après leur veuvage, grand-mère Tessie vint habiter avec sa sœur Beth en apportant avec elle ses objets fétiches, si bien que le logis s'enrichit d'une quantité de garnitures de table en cuivre et de défenses d'éléphant. Elles gardèrent aussi longtemps que possible des liens avec leurs amis restés en Inde – les Minnies, par exemple, vivaient à Ooty –, mais peu à peu, l'un après l'autre, ils moururent ou, devenus trop âgés, n'entretinrent plus les relations. J'aurais aimé en voir quelques-uns maintenant que je suis enfin arrivée ici, mais je ne crois pas qu'il en reste.

J'ai essayé de raconter un peu tout cela à Chid, pensant que cela pourrait l'intéresser, mais non. Sa famille n'a jamais eu d'attaches avec l'Inde et, pour autant qu'il le sache, il est le premier à y avoir débarqué. Il se montre maintenant très désireux de partir. Cependant sa santé ne semble pas s'améliorer, et hier je l'ai persuadé d'aller à l'hôpital avec moi. Le Dr Gopal, le médecin-chef, l'a examiné et lui a fait aussitôt savoir qu'il voulait l'hospitaliser. Chid a accepté – je ne sais pas ce qu'il imaginait, peut-être se voyait-il en train de se reposer au milieu de draps frais dans une chambre blanchie à la chaux, soigné par des religieuses. La réalité se révéla tout autre. Le docteur appela un de ses subordonnés et l'interrogea sur les lits disponibles. Il n'y en avait aucun ; toutefois on pouvait espérer en avoir un de libre dans une heure, un vieil homme étant en train de mourir. Il mourut effectivement dans ce laps de temps et j'emmenai Chid jusqu'à la salle puis l'aidai à se mettre au lit.

27 août. – Je rends visite à Chid chaque jour, à la fois pour lui tenir compagnie et pour lui apporter de la nourriture. Il lui est impossible de manger celle de l'hôpital, distribuée par un infirmier qui passe le long de la salle avec un seau. Les malades s'assoient en rang, tendant leurs bols dans lesquels sont jetés quelques poignées de riz froid et des lentilles, parfois quelques légumes, le tout mélangé. Seuls des gens totalement démunis peuvent accepter cette nourriture, et elle est vraiment servie avec le mépris réservé à ceux qui n'ont rien ni personne.

Il y a un pauvre homme de ce genre, étendu à côté de Chid, avec des côtes et une jambe cassées. Il m'a dit qu'il avait quitté son village pour Satipur quelques années auparavant et qu'il avait gagné sa vie en vendant des fruits dans un panier. Il avait toujours espéré amasser assez d'argent pour faire venir sa famille, mais il n'y avait pas réussi jusqu'à présent, et il s'estimait heureux de parvenir à se nourrir lui-même au jour le jour. Il dort en général avec les autres miséreux sous l'une des vieilles portes de la ville. C'est là qu'il retournera dès qu'il sera de nouveau sur pied. Cela prend malheureusement du temps. Ce qui l'ennuie le plus, c'est de ne pouvoir se lever et circuler – sa jambe est fixée en l'air par un dispositif – et de devoir s'en remettre aux balayeurs de l'hôpital quand il fait ses besoins. Parfois ils viennent et poussent un bassin sous lui, mais comme il n'est pas en mesure de leur payer même la modique somme qu'ils exigent, ils ne se montrent pas trop pressés de lui apporter cet objet, non plus qu'à le lui retirer. Une fois je le trouvai en grande détresse car ils l'avaient laissé sur le bassin depuis quelques heures. Je le lui retirai et allai le vider dans les latrines. Il faut avoir vu l'état de ces lieux pour le croire, et quand j'en sortis j'avais un peu la nausée. J'essayai de le cacher pour ne froisser personne, mais j'en avais déjà trop fait. Tous me regardaient comme si j'avais pris un risque de contamination terrible, et le marchand de fruits lui-même se raidit à ma vue, au point que, lorsque je lui offris comme d'habitude un peu de la nourriture que j'avais apportée, il la refusa.

Chid n'accorde aucune attention à son entourage. En fait, il s'efforce de l'éliminer complètement. Quelle que soit l'heure de ma visite, je le trouve étendu, les yeux bien fermés, sous ses paupières coulent parfois des larmes. J'ai déjà écrit à sa famille pour demander qu'on lui envoyât un billet de retour, et maintenant nous attendons tous les deux que celui-ci arrive et que sa santé s'améliore suffisamment pour lui permettre de voyager. Pendant ce temps il ne veut rien voir et rien savoir ; seulement rester étendu là et patienter.

J'ignore toujours ce qui a pu se produire pour le métamorphoser à ce point. Il n'a jamais donné qu'une seule explication au changement de ses sentiments envers l'Inde : il ne peut supporter l'odeur. Je ne sais même pas ce dont il souffre physiquement, quelle maladie il a contractée. J'ai demandé au Dr Gopal qui n'a pas pu me le dire très clairement non plus. Son foie est détraqué et ses reins mal en point, et dans l'ensemble ses entrailles sont dans un état effroyable. Cela est dû, dit le Dr Gopal, à une trop mauvaise nourriture et à un mode de vie trop pénible.

– Vous voyez, a-t-il essayé de me faire comprendre – occupé comme il l'est, il est toujours heureux de pouvoir mener une conversation en anglais –, ce climat ne vous convient pas très bien, à vous autres ; et pas seulement à vous, il ne nous convient pas non plus.

Il m'a expliqué que tout comme les Occidentaux, beaucoup d'Indiens étaient atteints de dysenterie amibienne. Ils le savent à peine parce qu'ils souffrent de quantité d'autres maux. Il devint éloquent en énumérant toutes les maladies de l'Inde. C'était effectivement une horrible liste, et quand il en vint à bout (à supposer qu'il y ait une fin) il ajouta :

– Je pense que Dieu n'a peut-être jamais pensé que des humains vivraient en un tel lieu.

Là, je l'ai contredit, et nous avons eu une discussion sur ce thème en anglais. Il m'a déjà confié qu'à l'époque où il se trouvait à la faculté de médecine, il avait été membre de la Société des débats, où il se distingua lors de plusieurs controverses universitaires. Il excelle à pimenter la vérité en faisant preuve d'humour, et voici comment il termina notre discussion :

– Admettons pour les besoins de l'argumentation que nous autres, Indiens, sommes adaptés pour la vie d'ici – et pour où d'autre le serions-nous ? demanda-t-il, me laissant le temps de rire. Mais personne d'autre. Aucun de vous. Vous savez, autrefois, aux mauvais jours, vous aviez vos clubs, et ils étaient réservés aux seuls Britanniques. Eh bien ! maintenant c'est ainsi que nous faisons avec nos germes, nous les réservons pour nous seuls. Pour Indiens seulement ! N'entrez pas !

Il se rejeta en arrière sur sa chaise en riant, et il riait encore quand il se tourna pour enfoncer une aiguille dans un bras décharné tendu vers lui.

Je dois reconnaître qu'il a raison jusqu'à un certain point : assurément s'agissant de Chid. A l'évidence le corps de Chid n'est pas fait pour assumer la vie d'un saint homme indien. Et ce n'est pas seulement son corps qui met Chid hors jeu, mais aussi autre chose – son esprit. Est-ce que la ségrégation qu'avait opérée le médecin s'applique à l'âme des Européens aussi bien qu'à leur corps ? Je me refuse à l'admettre ; je ne veux pas qu'il en soit ainsi. Des Occidentaux, dans le passé, sont restés ici de leur propre volonté. Après la Mutinerie, un Anglais anonyme a continué à vivre, livré à lui-même, hors des portes de Lucknow, faisant pénitence. On a pu voir pendant des années, dans les bazars de Multan, un autre Anglais anonyme habillé en maquignon afghan (personne ne découvrit jamais qui il était ni d'où il venait, et il fut trouvé un jour assassiné). Et la missionnaire que j'ai rencontrée durant ma première nuit à Bombay ? Elle disait qu'elle était restée trente ans en Inde et se préparait à y mourir si tel était son destin. Oui, et Olivia ? Cela paraît ridicule de l'associer à des chercheurs de sagesse, des aventuriers et des missionnaires chrétiens ; cependant, comme eux, elle est restée.

Je ne pense toujours pas qu'Olivia se distingue par quelque chose ; je veux dire qu'elle ne possédait pas au début des qualités très particulières. En arrivant ici elle peut n'avoir été que ce qu'elle paraissait : une charmante jeune femme plutôt vaine, en quête du plaisir, plutôt susceptible. Cependant pour avoir fait ce qu'elle fit – puis s'y être tenue toute sa vie –, elle ne pouvait être demeurée la même. Mais il n'y a pas trace de ce qu'elle devint plus tard, ni dans notre famille ni nulle part ailleurs, du moins à ma connaissance. Pourtant, de plus en plus, je veux le découvrir. Je suppose que la seule manière d'y parvenir est de faire la même chose qu'elle – rester.

☆

## 1923

La poussière avait effacé quelques semaines plus tôt le paysage, il était maintenant estompé par la buée. La vue de la fenêtre de Harry était voilée de nuages, de sorte que tout apparaissait comme à travers des larmes qui ne tombaient pas. L'atmosphère nostalgique qui en résultait s'accordait avec l'humeur de Harry.

– J'ai eu une longue conversation avec lui hier, confia-t-il à Olivia. Je lui ai annoncé que je voulais retourner chez moi, que je le *devais*… Et il a accepté. Il a compris parfaitement. Il a assuré qu'il prendrait toutes les dispositions : je voyagerai en première classe, tout doit être… extra.

– Je l'entends dire ça, fit Olivia en souriant.

– Oui – Harry souriait malgré sa tristesse. Et il m'a fait une déclaration.

– Je crois aussi l'entendre.

– Oui, sûrement. Bien sûr, c'est toujours la même chose – mais, Olivia, c'est *toujours vrai!* Ne le sentez-vous pas ? que quand il presse la main contre son cœur comme il le fait, c'est parce qu'il le pense réellement ?... Il a parlé de vous aussi. Oh ! ne pensez pas que je ne déplore rien. Bonté divine, qui serais-je alors, quel ami ? Je ne serais pas... digne de lui.

– Où est-il ?

– A Indore. Hier il a eu des nouvelles de Simla – on brandit la menace d'une enquête. Il est resté debout toute la nuit à rédiger des télégrammes, et ce matin il est parti en voiture à Indore pour consulter ses avocats.

– Est-ce exact, Harry ? Est-il vraiment compromis avec eux ?

– Dieu sait. En ce qui me concerne il a toujours raison et ils ont tort. Je les hais. Ils sont de ceux qui m'ont rendu la vie infernale, du plus loin que me portent mes souvenirs ; au collège et partout. Tant qu'ils restent à me brimer, ça va, mais quand je les vois s'attaquer à *lui* – et *ici* –, non, c'est insupportable. Et il ne peut pas le supporter. Ils s'en apercevront. Vous auriez dû l'entendre la nuit dernière : « Attendez que mon fils soit né, prévenait-il, alors ils riront jaune. »

– Il a dit ça ?

Elle s'était détournée de la fenêtre, le regardant de telle manière qu'il comprit aussitôt qu'il avait trop parlé.

– Qu'a-t-il ajouté d'autre ? Non, maintenant vous devez terminer, je dois tout entendre.

– Vous savez, il dit souvent des choses qu'il ne pense pas quand il est excité comme ça.

La façon dont Olivia continuait à le fixer l'obligea à poursuivre.

– Il a dit : « Quand ce bébé naîtra, Douglas et les autres vont recevoir le choc de leur vie. »

– Est-ce qu'il entendait par là... la couleur ? – puis elle

murmura : Comment peut-il être si sûr ? – elle regardait Harry : Vous aussi, n'est-ce pas… Vous pensez qu'il est… une force irrésistible de la nature…

– Pas vous ?

Elle retourna à la fenêtre. Elle tendit sa main au-dehors pour savoir si la pluie avait commencé. Il pleuvait, mais si doucement qu'on ne la voyait ni ne l'entendait, et tout – les pavillons du jardin, les murs gris perle, la mosquée – semblait se laisser dissoudre comme du sucre dans de l'eau.

– J'ai pensé à me faire avorter.

– Êtes-vous folle à lier ?

– Douglas est terriblement heureux lui aussi et fait toutes sortes de projets. Il y a une robe de baptême dans sa famille faite par des religieuses de Goa. Sa sœur l'a gardée un moment – elle l'a fait porter à son petit dernier lors de son baptême, il y a environ deux ans, à Quetta où son mari et elle sont en poste. Douglas va la réclamer. Il dit qu'elle est extrêmement jolie : des cascades de dentelles blanches – très seyante pour les bébés Rivers qui sont tous très blonds. Douglas affirme qu'ils ont tous des cheveux blond-blanc jusqu'à douze ans.

– Les bébés n'ont pas de cheveux.

– Les bébés indiens en ont, je les ai vus. Ils naissent avec plein de cheveux noirs… Vous devez m'aider, Harry. Vous devez trouver où je peux aller – comme il restait abasourdi, elle continua : Demandez à votre amie la Bégum. Ce sera assez facile pour elle – elle conclut en riant : Plus facile que les vêtements empoisonnés, sûrement.

☆

31 août. – Aujourd'hui, alors que je descendais de ma chambre, une femme se tenant devant la boutique du savetier me salua telle une vieille connaissance. Je ne me rappelais pas l'avoir rencontrée, mais je pensai qu'elle pouvait être une amie de la mère d'Inder Lal ; sans doute une des femmes qui nous

avaient accompagnées le Jour des Noces du Mari. Quand je traversai le bazar, elle m'emboîta le pas. Peut-être, me demandai-je soudain, était-ce moi qu'elle attendait devant la boutique ; pourtant, quand je m'arrêtai et me retournai, elle ne tenta pas de me rattraper. Elle inclina seulement la tête en souriant. Cela se reproduisit plusieurs fois ; elle me fit même signe de continuer, elle semblait ne rien vouloir d'autre que marcher derrière moi. J'avais l'intention de me rendre à l'hôpital, mais cela me faisait bizarre d'avoir quelqu'un sur mes talons ; aussi, arrivée aux tombes royales, bifurquai-je en direction de la hutte de Mâjî. Quand je me retournai, la femme ne me suivait plus ; elle marchait droit devant elle comme si elle n'avait rien à faire avec moi.

Mâjî était en *samâdhi*. Se trouver dans cet état signifie avoir atteint un plus haut niveau de conscience qui vous plonge dans la béatitude. A de tels moments Mâjî n'a aucune perception de ce qui se passe autour d'elle. Elle est assise sur le sol dans la pose du lotus ; ses yeux sont écarquillés, ses prunelles révulsées ; ses lèvres entrouvertes laissent apparaître le bout de la langue. Son souffle est régulier et paisible comme dans un sommeil sans rêve.

Quand elle s'éveilla – mais ce n'est pas là le terme adéquat –, elle m'adressa un sourire de bienvenue comme si rien n'était arrivé. Comme toujours alors, elle paraissait émerger d'un bain revivifiant, ou de quelque autre source revigorante. Ses joues étaient embrasées, ses yeux brillaient. Elle passa ses mains de bas en haut de son visage comme si elle le sentait congestionné et brûlant. Elle me dit que si, autrefois, il lui était très difficile de passer du samâdhi à la vie normale, elle y parvenait sans aucun effort à présent.

Quand je lui parlai de la femme qui m'avait si mystérieusement suivie, elle dit :

– Vous voyez, ça a commencé.

En fait, ce n'était pas du tout mystérieux – la femme était une accoucheuse qui me repérait comme cliente éventuelle. Elle avait dû me remarquer avant et m'avait suivie aujourd'hui pour en avoir le cœur net. Ma manière de marcher et de me tenir ayant confirmé ses soupçons, elle n'allait sans doute pas tarder à m'offrir ses services. Et maintenant, Mâjî me proposait de nouveau son aide :

– C'est un bon moment. Huit ou neuf semaines – ce ne serait pas trop difficile.

– Comment le feriez-vous ? demandai-je par simple curiosité.

Elle m'expliqua qu'il existait plusieurs manières, et qu'à ce stade initial un simple massage habilement pratiqué pouvait suffire.

– Voudriez-vous que j'essaie ?

J'acquiesçai, toujours par curiosité. Mâjî referma sur nous la porte de sa hutte. Ce n'était pas une véritable porte, mais une planche que quelqu'un lui avait donnée. Je m'étendis sur le sol et elle détacha les cordons de mon pantalon pendjabi.

– N'ayez pas peur, fit-elle.

J'étais tout à fait rassurée. Allongée, je regardais le toit, qui n'était autre qu'une plaque de fer, et les murs de pisé noircis par son foyer. La seule ouverture étant close, il faisait très noir à l'intérieur et toutes sortes d'émanations s'y répandaient – l'humidité, la bouse de vache employée comme combustible, les lentilles qu'elle avait cuites ; et l'odeur de Mâjî elle-même. Son seul vêtement de rechange pendait au mur, non lavé.

Elle s'assit à califourchon sur moi. Je ne pouvais la voir clairement dans l'obscurité où elle apparaissait plus grande que nature, me faisant penser à quelque figure mythologique : une de ces puissantes déesses indiennes qui tiennent la vie et la mort dans une main et en jouent comme d'un Yo-Yo. Ses mains descendaient lentement sur mon ventre, y cherchant et pressant certaines parties. Elle ne me fit pas mal – au contraire, ses mains semblaient douées d'une vertu apaisante. Elles étaient très, très brûlantes, comme toujours ; je les ai senties souvent (Mâjî vous touche constamment comme si elle voulait vous transmettre quelque chose). Aujourd'hui, elles semblaient particulièrement chaudes et je pensais que cela pouvait être le résultat de son samâdhi, qui avait laissé à Mâjî des vagues d'énergie venues d'ailleurs. J'eus de nouveau la sensation qu'elle me *transmettait* quelque chose – donnant, au lieu de prendre. Néanmoins, je criai soudain :

– Non, s'il vous plaît, arrêtez !

Elle cessa aussitôt. Elle se redressa et retira la planche de bois de l'ouverture. La lumière pénétra à flots. Je me levai et sortis dans cette brillante lumière. La pluie avait tout rendu luisant, vert et humide. Les tuiles bleues étincelaient sur les tombes royales et partout on voyait de petites flaques d'eau qui piégeaient la lumière, paraissant autant de pierres précieuses éparpillées dans le paysage. Des échappées de mousson bleue scintillaient dans le ciel moutonné, et au loin d'autres nuages d'un bleu très sombre s'amoncelaient comme des montagnes libérées de leur poids.

– Rien n'arrivera, n'est-ce pas ? demandai-je anxieusement à Mâjî.

Elle m'avait suivie hors de la hutte. Elle n'était plus la grande figure mythologique aperçue à l'intérieur, mais ce qu'elle était d'ordinaire, maternelle et quelque peu dépenaillée. Elle rit de ma question et me tapota la joue pour me rassurer. J'ignorais à quel sujet elle me rassurait. Je souhaitais par-dessus tout que rien n'arrivât – que ses efforts n'aboutissent pas. Il était maintenant parfaitement clair pour moi que je désirais cette grossesse accompagnée du sentiment complètement nouveau – de ravissement – qu'elle me causait.

☆

## 1923

Satipur ne manquait pas de ruelles sordides, mais à Khatm il n'y avait rien d'autre. La ville s'entassait dans l'ombre du palais, formant un nœud serré d'allées sales, bordées de maisons délabrées qui s'appuyaient sur les murs de la résidence princière. Des égouts ouverts coulaient le long des rues ; ils débordaient souvent, surtout durant les pluies, et étaient probablement l'une des causes des fréquentes épidémies qui s'abattaient sur Khatm. S'il pleuvait des cordes, certaines des plus vieilles habitations s'effondraient, enterrant leurs habitants. Cela se produisait régulièrement et se répétait chaque année.

Justement la maison en face de celle où avait été conduite Olivia s'était écroulée la semaine précédente. Les femmes qui s'occupaient d'elle en parlaient encore. L'une d'elles racontait qu'elle se tenait sur le balcon pour regarder passer le cortège d'un mariage. Quand parut le marié monté sur un cheval, tous se précipitèrent pour le voir, et il y eut alors un tel bruit, l'orchestre jouait si fort qu'elle ne comprit pas sur-le-champ ce qui se passait, bien que tout se déroulât sous ses yeux. Elle vit la maison d'en face, qu'elle avait connue toute sa vie, s'affaisser soudainement sur elle-même et se désagréger ; l'instant d'après, tout se fracassait et volait dans les airs, faisant pleuvoir des corps, des briques, des tuiles, des meubles et des marmites. Cela avait été, dit-elle, comme dans un rêve, un cauchemar.

Ce qui arrivait à Olivia était aussi comme un rêve. Les femmes qui s'occupaient d'elle étaient pourtant des plus terre à terre : deux sages-femmes d'âge moyen, simples, s'acquittant de la tâche qui leur avait été confiée. La servante qui l'avait guidée avait aussi l'esprit très pratique. Elle avait drapé Olivia dans une burqa et l'avait précédée, à pied, à travers les ruelles de Khatm. Personne ne les avait remarquées – elles n'étaient que deux femmes en burqa, ces tentes ambulantes formaient un spectacle ordinaire. Elles atteignirent la rue des sages-femmes en descendant quelques marches glissantes (là Olivia, peu habituée au port de la burqa, dut se montrer particulièrement prudente). La maison des sages-femmes tombait en ruine, elle s'effondrerait très probablement avec la prochaine mousson ; l'escalier, surtout, semblait dangereux. Il y faisait si sombre que son guide dut prendre la main d'Olivia – cette dernière se raidit à ce contact physique, mais seulement un instant, sachant que bientôt on la toucherait de bien plus près, et en des endroits plus intimes.

Les sages-femmes la firent s'allonger sur une natte posée sur le sol. La maison d'en face n'étant plus là, elle apercevait un pan de ciel par la fenêtre. Elle essayait de fixer son attention sur cette vue et non pas sur ce qu'on lui faisait. Ce n'était d'ailleurs aucunement déplaisant. Les femmes lui massaient le ventre d'une manière extrêmement habile, cherchant et pressant certaines veines à l'intérieur. Une des femmes s'assit à califourchon sur elle pendant que l'autre s'accroupit par terre. Tout en poursuivant leur conversation, elles faisaient aller et venir leurs mains sur son corps. L'atmosphère était professionnelle et détendue. Mais quand des bruits se firent entendre dans l'escalier, les deux femmes se regardèrent avec consternation. L'une d'elles alla à la porte et l'autre cacha rapidement Olivia sous un drap. Comme si j'étais morte, pensa Olivia. Elle se demandait qui venait. Elle se demandait aussi ce qui arriverait – ce qu'elles feraient – si elle mourait là, dans cette pièce, des suites de l'avortement. Elles allaient devoir disposer de son corps rapidement et secrètement. Olivia devina que ce pourrait être fait sans trop de difficultés. La Bégum combinerait cela aussi facilement qu'elle avait arrangé l'avortement. Probablement y avait-elle déjà pensé, préparant les plans adéquats.

C'était la Bégum elle-même qui se présentait, avec une seule dame de compagnie. Toutes deux étaient enveloppées dans des burqas noires, mais Olivia reconnut la Bégum à la manière déférente dont les sages-femmes l'accueillaient. Elle parut vivement intéressée par l'opération (elle montre tant de sollicitude, pensa Olivia ; je devrais être flattée). La Bégum, dissimulée sous sa burqa, observait, tandis que les deux femmes continuaient leur massage. Puis l'une d'elles se leva et alla préparer quelque chose dans un coin de la pièce. Olivia essaya de voir ce que c'était, et la Bégum, dont la curiosité avait aussi été éveillée, s'approcha de l'endroit. Olivia leva légèrement la tête, mais l'autre sage-femme la maintint au sol, aussi ne put-elle que tourner les yeux dans cette direction. La sage-femme montrait à la Bégum une brindille qu'elle enduisait d'une pâte. La Bégum releva le devant de sa burqa pour mieux regarder. Olivia avait envie de voir et la brindille et le visage de la Bégum. Elle ne se rappelait plus ses traits – cette visite avec Mrs. Crawford semblait si loin – et voulait savoir si elle ressemblait au Nawab.

La sage-femme s'approcha d'elle, tenant la brindille. Olivia comprit qu'on allait l'introduire en elle. Les deux femmes écartèrent les jambes d'Olivia, l'une d'elles tint ses chevilles pendant que l'autre pointait la brindille. La Bégum se pencha pour observer. Bien que la sage-femme travaillât rapidement et avec adresse, la brindille blessa Olivia en la pénétrant. Elle fut incapable de réprimer un cri. La Bégum se pencha alors de plus près pour scruter son visage, et Olivia lui rendit son regard. Elle *ressemblait* effectivement au Nawab, elle lui ressemblait beaucoup. Elle semblait aussi captivée par l'étude du visage d'Olivia que cette dernière éprouvait de l'intérêt à examiner le sien. Elles se regardèrent un moment les yeux dans les yeux, mais Olivia dut fermer ses paupières car la douleur, en bas, se répétait.

☆

Beth Crawford attendit de nombreuses années – le temps d'une vie – avant de s'accorder le droit de parler d'Olivia. J'ignore si elle pensa jamais à elle durant toutes ces années. Probablement pas ; grand-tante Beth savait quels traits tirer, non seulement en parole et en action, mais aussi en pensée. De même elle n'avait jamais laissé son esprit s'attarder sur la Bégum ou ses femmes, passé la demi-heure de rapports sociaux qu'elle devait leur consacrer. Elle n'avait pas cherché à émettre des hypothèses sur ce qui se passait dans ces appartements du purdah une fois qu'elle les avait quittés et que, les chaises européennes rangées, les femmes se retrouvaient seules, tranquilles sur leurs divans. Beth sentait qu'il s'agissait là de la vie privée orientale – avec ses mystères – qui ne devait pas être perturbée, qu'elle se déroulât dans le palais, au bazar de Satipur ou dans les ruelles de Khatm. Toutes ces zones d'ombre se trouvaient en dehors de son champ d'influence ou d'imagination – il en fut de même s'agissant d'Olivia une fois qu'elle les eut rejointes.

La seule personne à ne pas se montrer réticente au sujet d'Olivia fut le Dr Saunders. C'est lui qui l'avait percée à jour.

Les sages-femmes à Khatm avaient bien fait leur travail et Olivia commença une fausse couche la nuit même de l'intervention. Elle réveilla Douglas qui la conduisit à l'hôpital, et tôt le matin suivant le Dr Saunders lui fit un curetage. Le docteur connaissait ces « fausses couches » qui survenaient dans ce pays et les moyens employés pour les provoquer. Le plus répandu était l'introduction d'une brindille badigeonnée du jus d'une certaine plante connue des seules sages-femmes indiennes. Il avait extrait nombre de brindilles semblables de femmes qu'on lui amenait suite à de prétendues fausses couches. Son travail accompli, il mettait les femmes face à leur culpabilité et les chassait de l'hôpital. Parfois il les giflait – il avait de fortes convictions sur la morale et la façon de la faire observer. Il concédait cependant que certaines excuses pouvaient être trouvées pour ces indigènes nées dans l'ignorance et la crasse. Mais de telles circonstances atténuantes ne jouaient pas pour Olivia.

– Maintenant, ma jeune madame… commença-t-il, se dressant en justicier.

L'infirmière, une Écossaise née en Inde – le Dr Saunders et elle tenaient à eux deux l'hôpital propre et strict –, se tenait derrière lui, le visage sévère. Tous deux étaient outragés ; toutefois le Dr Saunders triomphait aussi quelque peu : il avait eu raison. Il avait toujours su qu'il y avait quelque chose de pourri en Olivia, quelque chose de faible et de corrompu que, bien sûr, le Nawab (lui-même corrompu) avait découvert et utilisé à ses fins.

Personne ne douta jamais que le Nawab se fût servi d'Olivia comme d'un instrument de vengeance. Même le major Minnies, l'Anglo-Indien le plus libéral et le plus compatissant, en resta convaincu. Tout comme les Crawford et, on peut le supposer, Douglas lui-même (qui ne permit à personne de découvrir ses sentiments), le major Minnies bannit Olivia de ses pensées. Elle était allée trop loin. Cependant il réfléchit pendant de nombreuses années non tant sur son cas particulier que sur ses conséquences. Cela cadrait avec ses théories. Plus tard, pendant sa retraite à Ooty, il disposa de beaucoup plus de temps pour méditer sur la question et publia même – à ses frais, car ce n'était pas un sujet de grand intérêt général – une monographie sur l'influence de l'Inde sur le caractère et la conscience des Européens. Il l'envoya à ses amis, et c'est ainsi que grand-tante Beth en reçut un exemplaire, que je lus.

Bien que le major témoignât de la compréhension envers l'Inde, son ouvrage ressemble à une mise en garde. Il écrit qu'il faut être très déterminé pour affronter – résister à – l'Inde. Et les plus vulnérables sont toujours, selon lui, ceux qui l'aiment le plus. Il y a de nombreuses manières d'aimer l'Inde, beaucoup de choses à y aimer – le paysage, l'histoire, la poésie, la musique et la beauté physique des hommes et des femmes –, mais toutes sont dangereuses pour l'Européen qui se permet de trop aimer. L'Inde découvre toujours le point faible et en joue. Le Dr Saunders et le major Minnies évoquaient tous deux ce talon d'Achille. Toutefois, si c'était, pour le premier, quelque chose ou quelqu'un de pourri, le second soutenait que ce défaut de la cuirasse se trouvait chez les personnes les plus sensibles, souvent les plus fines – et, de plus, c'étaient leurs sentiments les plus délicats qui les y exposaient C'est dans ce retranchement que l'Inde les débusque pour les attirer dans ce que le major appelle l'autre dimension. Il en parle aussi comme d'un autre élément, auquel l'Européen n'est pas habitué si bien que, plongé dans ce bain, il se débilite, ou même (comme Olivia) se détruit. Oui, concluait le major, c'est très bien d'aimer et d'admirer l'Inde – intellectuellement, esthétiquement, il ne précisait pas sexuellement bien qu'il dût aussi avoir connaissance de ce facteur – mais toujours avec un sentiment viril, mesuré, *européen*. On ne devrait jamais se permettre, avertissait-il, de se laisser amollir (comme les Indiens) par un excès de sentiment ; parce que, dès cet instant – celui où l'on dépasse la mesure –, on se trouve en danger d'être entraîné de l'autre côté. Il semble que ce soit le dernier mot que le major Minnies eût à dire à ce sujet, et son ultime conclusion. Lui qui aimait tant l'Inde, la connaissait si bien et avait choisi d'y finir ses jours ! Elle demeura toujours pour lui un adversaire ; parfois même un ennemi dont il fallait se garder et contre qui, si nécessaire, se battre de l'extérieur, et surtout de l'intérieur : du plus profond de soi.

Olivia ne retourna jamais auprès de Douglas ; s'échappant de l'hôpital, elle se rendit droit au palais. La dernière image claire que j'aie d'elle ne vient pas de ses lettres, mais de ce que Harry nous a raconté. Il se trouvait au palais quand elle arriva de l'hôpital. Elle était si pâle, dit-il, qu'elle semblait vidée de son sang. Bien sûr l'avortement avait provoqué une forte hémorragie. La distance de Satipur à Khatm n'est pas grande – vingt-trois kilomètres environ – et elle avait fait quotidiennement ce voyage dans l'une des voitures du Nawab. Cette fois, quand elle s'enfuit de l'hôpital, il n'y avait pas de voiture. Harry ne sut jamais comment elle arriva, mais supposa qu'elle avait emprunté ce qu'il appelait un quelconque mode de transport autochtone. Elle portait un costume indigène – un sari de servante en tissu grossier – et lui rappelait une gravure intitulée *Mrs. Secombe fuyant devant les mutinés*. Mrs. Secombe portait également un costume indigène et trahissait un état de grande agitation, avec sa chevelure défaite et son visage couvert de poussière : naturellement, puisqu'elle courait se réfugier à la Résidence britannique de Lucknow, fuyant devant les mutinés de Sikrora pour sauver sa vie. Olivia aussi était en fuite – mais, comme le fit remarquer Harry, dans la direction opposée.

Harry quitta l'Inde peu de temps après. Il ne fut jamais à même de démêler les raisons qui poussaient le Nawab à recueillir Olivia. Il n'y pensa plus – pas plus qu'il ne pensa au Nawab pendant de nombreuses années. Il était content. Lorsqu'il jetait un regard en arrière sur sa vie au palais, c'était toujours sans plaisir, parfois même avec répulsion. Pourtant il y avait été très, très heureux. De retour en Angleterre, il sentit que ce bonheur avait été trop fort pour lui. Il souhaitait seulement mener une vie tranquille auprès de sa mère dans leur appartement de Kensington. Plus tard, après la mort de celle-ci, son ami Ferdie vint vivre avec lui, abandonnant son travail dans une blanchisserie afin de s'occuper de Harry. Ferdie rencontra le Nawab mais bien des années plus tard, et à cette époque – selon Harry – le Nawab avait beaucoup changé. Son train de vie aussi avait changé, et quand il venait à Londres il ne descendait plus au Claridge, il était à sec. Peut-être est-ce la raison pour laquelle il n'emmena jamais Olivia avec lui, parce qu'il n'en avait pas les moyens ; ou bien simplement ne voulait-elle pas venir. Elle ne retourna jamais en Angleterre, demeurant dans la maison qu'il avait achetée pour elle, dans les montagnes.

Quand je dis à Mâjî que je quittais Satipur, elle demanda :

– Comme Chid ?

Le retour de Chid en Angleterre l'avait amusée, ainsi que tout ce qui le concernait. « Pauvre garçon, disait-elle, il a dû s'enfuir. » Ses larges épaules étaient secouées de rire.

Je lui assurai que je ne m'enfuyais pas, que j'allais au contraire plus avant, dans les montagnes. Elle s'en montra satisfaite. Je m'armai de courage et lui demandai, ainsi que je le désirais depuis quelque temps, ce qu'elle m'avait fait le jour où elle prétendit me faire avorter. A mon soulagement rien n'était arrivé – mais je sentais que, eût-elle voulu que quelque chose arrivât, ses efforts n'eussent pas été vains. *Qu'avait*-elle fait ? insistai-je. Bien entendu elle refusa de me répondre, mais je déduisis de son rire matois qu'elle n'était pas innocente. Je pensais à la manière dont elle s'était accroupie sur moi, figure surnaturelle aux pouvoirs surnaturels qu'elle avait employés, me semblait-il maintenant, non pas pour interrompre ma grossesse, mais pour s'en assurer : s'assurer que je la mènerais à bien.

La saison des pluies n'est pas la meilleure de l'année pour se rendre dans les montagnes. Il y a toujours des glissements de terrain et les routes restent impraticables des jours durant. Les montagnes sont invisibles. On sait qu'elles sont là – les chaînes de l'Himalaya s'étendent Dieu sait jusqu'à quelles distances et quelles hauteurs –, on sent même, on imagine, leur présence, mais on ne peut les voir. Elles sont complètement effacées et à leur place apparaissent les nuages, les vapeurs, la brume.

Juste au-dessus de la petite ville de X, se trouve une poignée de maisons éparpillées le long du versant le plus escarpé de la montagne. Même par le temps le plus clément, elles restent difficiles à atteindre si ce n'est par les plus robustes alpinistes ; pendant la saison des pluies elles sont presque inaccessibles. J'ai entendu dire que jusqu'à ces dernières années ces maisons avaient été habitées, sans compter Olivia, par plusieurs autres Européens. La veuve norvégienne d'un historien indien se consacrant à rassembler et publier l'œuvre de son mari, un Allemand devenu bouddhiste, et deux anciens missionnaires qui avaient essayé de créer un « ashram » chrétien. Ils sont tous morts à présent et enterrés dans le vieux cimetière britannique sur un plateau, à quelque cent pieds plus bas (il y a des cimetières britanniques partout ! ils se sont révélés les monuments les plus durables). Seul l'Allemand bouddhiste fut incinéré dans le terrain de crémation hindou, ainsi qu'Olivia. Les anciens missionnaires tentèrent de soulever quelques objections à l'incinération d'Olivia – ils firent observer qu'elle appartenait au cimetière, n'ayant jamais été convertie à aucune religion indienne. Mais elle avait expressément demandé à être incinérée et sa dernière volonté fut respectée. Je présume que ses cendres furent répandues sur ces montagnes puisqu'il ne se trouvait personne pour les recueillir, le Nawab étant mort avant elle.

Sa maison est toujours là. J'ai dû attendre plusieurs jours que la pluie cessât un peu de tomber avant de pouvoir y grimper. Elle se dresse seule sur une saillie de la montagne ; je suppose qu'elle possède une vue superbe, bien qu'à cette époque de l'année il n'y ait rien à contempler excepté, comme je le disais, les nuages. La propriété de la maison a été contestée et Karim et Kitty essaient de régler le différend en même temps que la succession d'autres possessions litigieuses du Nawab. Ils espèrent y parvenir avant que l'armée ne réquisitionne la maison. De dangereuses crevasses s'y sont multipliées, et à l'intérieur tout est couvert de moisissure.

Elle conserve pourtant ce que j'imagine avoir été l'ambiance d'Olivia. Il s'y trouve un piano, bien sûr – non pas le piano droit qu'elle avait à Satipur, mais un piano à queue envoyé de Khatm par le Nawab (avec l'accordeur de Bombay). Les rideaux et les coussins, maintenant en lambeaux, sont jaunes, les abat-jour à glands ; il y a un gramophone. Une chaise et un métier à broder sont disposés dans l'embrasure d'une fenêtre ; j'ignore s'il s'agit seulement d'un tableau décoratif ou si elle avait vraiment l'habitude de s'asseoir là, levant les yeux de sa broderie pour regarder les montagnes (maintenant invisibles). Dehors, on voit une rangée d'écuries, mais elles n'ont jamais abrité que la chaise à porteurs – elle est toujours là, quoique poussiéreuse et cassée – que le Nawab empruntait pour se faire hisser au sommet de la montagne avant d'en redescendre. Il était devenu trop gros et paresseux pour grimper.

Harry dit qu'il reçut un choc quand il le revit à Londres. Quinze ans avaient passé, le Nawab avait cinquante ans et était devenu si gros qu'il y avait quelque chose de féminin dans son aspect. Et la manière dont il embrassa Harry était féminine aussi : il le serra de ses deux bras contre sa poitrine rebondie et l'y retint un long moment. Aussitôt tous les sentiments d'antan envahirent de nouveau Harry. Cependant il découvrit par la suite que ses sentiments envers le Nawab *avaient* en fait changé – sans doute parce que le Nawab lui-même avait tellement changé. Il semblait plus tendre et plus doux, et assailli de nombreux soucis touchant sa vie domestique.

La cour d'enquête réunie en 1923 avait statué contre lui, et un Premier ministre avait été nommé pour rependre en charge les affaires de Khatm. Bien que nominalement encore le chef de l'État, le Nawab, compte tenu de ces circonstances, ne souhaita plus beaucoup y résider. La Bégum s'y fit également rare, elle avait pris une maison à Bombay pour elle et ses femmes. Le Nawab s'y rendait souvent quand il n'était pas près d'Olivia à X. Parfois il restait aussi avec sa femme, Sandy, les choses s'étant plus ou moins arrangées avec la famille Cabobpur. Toutefois la santé de Sandy n'était pas bonne, et la malade se trouve à présent dans un établissement en Suisse où elle reçoit un traitement pour troubles mentaux.

Les ennuis du Nawab étaient, eux, essentiellement financiers. Non seulement il avait à assumer la charge d'un palais et de trois foyers séparés – celui de sa mère, de sa femme et d'Olivia –, mais il avait encore beaucoup de protégés à Khatm. Il devait subvenir aux besoins de tous ces jeunes gens – plus si jeunes maintenant – qui avaient été ses compagnons au palais, car tous étaient de sa famille ou descendants de compagnons de sa famille dont quelques-uns comptaient parmi la suite d'Amanullah Khan. Le Nawab se sentait profondément humilié de n'être plus en mesure de les entretenir de la manière dont ils étaient accoutumés. Pendant des années il avait marchandé avec les autorités britanniques pour obtenir une augmentation du revenu qu'elles lui avaient alloué selon les recettes de l'État ; mais elles ne se trouvaient pas le moins du monde compréhensives, n'ayant aucune idée des obligations inhérentes à son rang. C'est pourquoi il était venu à Londres, pour faire directement appel à une plus haute instance. Il prenait, ou essayait de prendre beaucoup de rendez-vous et tirait perpétuellement des morceaux de papier de sa poche où étaient griffonnés des noms et des numéros de téléphone, encore qu'il oubliât souvent à quoi ils correspondaient.

Il passait le plus clair de son temps avec Harry et Ferdie. Ce n'était pas facile pour eux. Ils vivaient d'une manière très ordonnée, alors que le Nawab ne l'était pas du tout. Il semblait aussi physiquement trop gros pour l'appartement, et cassa deux des chaises de la salle à manger rien qu'en s'asseyant dessus. Et ils éprouvaient de la difficulté à le nourrir car il ne pouvait se satisfaire des plats préparés par Ferdie pour l'estomac délicat de Harry (qui ne s'était jamais remis de l'Inde). Le Nawab s'était mis à adorer les douceurs et, incapable de se procurer des sucreries indiennes à Londres, avait pris l'habitude de manger une quantité de pâtisseries à la crème. Il passait en général ses après-midi dans une brasserie populaire – une magnifique salle avec des piliers de marbre, assez semblable au palais de Khatm. Trois fois dans le courant de l'après-midi une dame en robe longue jouait des airs sur un orgue multicolore ; l'écoutant avec plaisir, le Nawab se tournait vers Harry : « Comme elle joue bien – exactement comme Olivia. » Il n'avait jamais eu l'oreille musicale.

A l'instar de son père il aimait, dans ses dernières années, réciter des poèmes en persan et urdu, notamment ceux qui traitaient, comme la plupart, du caractère transitoire de la gloire mondaine. Il se voyait comme une vivante illustration de ce thème. La question de l'augmentation de ses revenus mise à part, le problème qu'il devait résoudre au plus vite à cette époque était celui des bijoux de l'État, qui manquaient. Le gouvernement de Khatm accusait la Bégum de les avoir dérobés, à quoi elle répondait avec humeur qu'elle n'avait rien pris qui ne fût son propre bien. Cette affaire était destinée à traîner de nombreuses années et, après l'indépendance, devint le problème du gouvernement indien qui tenta de faire un procès à la Bégum. Mais à ce moment les bijoux et elle se trouvaient en sûreté à New York.

Le Nawab s'indignait lorsqu'il parlait des tracasseries infligées à sa mère. Il souffrait d'hypertension et, quand il s'emportait trop, Harry tentait de le calmer. « Vous aurez une crise d'apoplexie et vous en mourrez », l'avertissait-il. (C'est en réalité ce qui arriva – mais quinze ans plus tard, à New York, dans l'appartement de Park Avenue de l'ancienne Bégum, et dans ses bras.) Quand Harry lui disait cela, le Nawab riait toujours ; il riait réellement à la pensée de mourir. Il aimait raconter l'histoire d'un événement survenu à Khatm environ un an après le départ de Harry. La bande de dacoïts, avec laquelle on soupçonnait le Nawab d'être en cheville, avait été encerclée par les forces de police (réformée). Quelques-uns avaient été tués dans les échauffourées, d'autres capturés et jugés. Ceux-ci furent tous condamnés à mort pour divers meurtres et pillages commis durant toutes ces années. Le Nawab leur rendit souvent visite en prison et les trouva joyeux et résignés jusqu'au tout dernier moment. En fait, il passa la dernière nuit avec eux, les regardant prendre leur dernier repas, jouer leur dernière partie de cartes, s'étendre pour dormir. Ils dormirent vraiment – ce fut lui qui demeura éveillé. Il les accompagna au lieu de l'exécution et se joignit à eux dans leurs dernières prières. Il surveilla le nœud passé autour de leur cou et resta jusqu'à l'ultime moment. A cet instant, l'un d'eux – Tikku Ram, un homme de très haute caste – se tourna soudain vers le bourreau et commença de lui demander : « Êtes-vous un… », mais il ne put terminer parce que celui-ci venait de lui glisser le capuchon sur la tête. Ce mot qui n'avait pas été prononcé était probablement *chamar*[1] : il s'inquiétait de la caste à laquelle appartenait le bourreau qui jouait dans sa vie ce dernier et intime rôle. Ce fut apparemment son unique souci à ce moment du départ. Le Nawab louait cette attitude et disait qu'il espérait l'imiter quand viendrait son tour.

On perd totalement Olivia de vue dans les années qui suivent. Le Nawab en parlait peu : elle était devenue pour lui un sujet aussi privé que la Bégum. Il ne dit jamais rien sur la manière dont elle vivait là-haut, à X. Peut-être n'y pensait-il pas, supposant simplement qu'elle se trouvait bien dans le confort qu'il prenait soin de lui procurer. Elle-même ne donna aucun renseignement. Elle correspondait encore avec Marcia mais, au contraire de ses lettres de Satipur, celles de X étaient brèves et peu révélatrices. Très rares aussi – elle écrivit d'abord deux ou trois fois l'an, puis ce rythme même diminua. Elle n'envoya aucune lettre après la mort du Nawab, bien qu'elle lui survécût six années.

Marcia dit à Harry qu'Olivia et elle avaient beaucoup de points communs. Harry pensait qu'il avait pu en être ainsi dans leur jeunesse – Marcia était également petite et gracile, mais elle était aussi brune qu'Olivia était blonde –, encore que, quand il connut Marcia, il eût du mal à l'associer à l'image qu'il gardait d'Olivia. Marcia buvait et fumait avec excès, et riait d'une manière stridente. Elle était bavarde et nerveuse et avait pris deux fois de trop fortes doses de somnifères. Elle estimait qu'Olivia et elle se ressemblaient surtout par leur tempérament

1. Les chamars s'occupent plus spécialement du cuir ; ils forment une sous-caste inférieure de la quatrième et dernière caste hindoue : les *shûdras*.

passionné. Elle prétendait qu'elle pouvait parfaitement comprendre Olivia. Certes, elles n'avaient pas les mêmes goûts – par exemple Marcia ne comprit jamais ce qu'Olivia avait trouvé en Douglas, pour autant qu'elle eût son mot à dire, il n'était qu'un bout de bois, aussi ne fut-elle pas le moins du monde surprise qu'Olivia s'ennuyât à mort avec lui et partît avec quelqu'un de plus intéressant. Par la suite, quand elle rencontra le Nawab à Londres, Marcia admit qu'il *était* plus intéressant que Douglas, quoique pas du tout son genre. Le fait que ses goûts et ceux d'Olivia différaient ne mettait pas en cause la similitude de leurs tempéraments, ni de leurs caractères – prêts à obéir aux impulsions de ces tempéraments où qu'elles puissent les conduire. Lorsque Harry demanda au Nawab si Marcia ressemblait à Olivia, le Nawab s'écria : « Oh ! non, non, non, non ! » sans une ombre d'hésitation. L'idée semblait lui paraître à la fois ridicule et horrifiante.

De quoi avait-elle l'air ? Comment vivait-elle ? J'ai l'impression, en observant sa maison au-dessus de X, qu'elle n'y menait peut-être pas une vie tellement différente de celle qu'elle avait menée à Satipur, et qu'elle aurait pu mener à Londres. Les pièces étaient décorées selon son style, elle jouait toujours les mêmes morceaux de piano. Ce qui restait de sa demeure me révéla ce peu de chose – mais rien de plus. Je ne puis toujours pas imaginer ce qu'elle pensa durant toutes ces années, ni ce qu'elle devint. Les pluies qui tombaient en abondance lorsque je visitai ces lieux m'empêchèrent de découvrir le panorama qu'elle contemplait au-dehors, lorsqu'elle s'assoyait à la fenêtre avec sa broderie. Cela aurait pu faire une différence si je l'avais vu.

J'ai pris une chambre dans la ville de X, où je vis de la même manière qu'à Satipur. La ville est la même aussi – les maisons sont branlantes, les rues enchevêtrées et étroites ; seulement ici tout est en pente et il semble qu'à toute minute la ville pourrait glisser au bas de la montagne. De petits morceaux s'en détachent de temps en temps, surtout maintenant, pendant les pluies ; et les montagnes elles-mêmes s'effritent en gros blocs qui dévalent et obstruent les routes détrempées. J'ai hâte que cessent ces pluies ; parce que je veux avancer, aller plus haut ; je regarde en l'air, mais tout reste caché. Incapable de voir, j'imagine des sommets montagneux plus élevés que tout ce dont j'ai pu rêver ; la neige qui les recouvre est plus blanche que toute autre neige – si blanche qu'elle en devient lumineuse et se détache dans un ciel du plus profond bleu qu'il m'ait été donné de contempler. C'est cela que j'attends de voir. Peut-être est-ce aussi ce qu'Olivia a perçu ; cette vue – cette vision – qui s'imprima sur sa rétine pendant toutes ces années et inonda son âme.

Je regarde rarement vers le bas. Parfois, lorsque la pluie s'arrête, la brume tournoie dans la vallée, et l'air se trouve ensuite si imprégné d'humidité que les oiseaux semblent nager dans le ciel et les arbres onduler comme des algues. Je pense qu'il s'écoulera beaucoup de temps avant que je redescende. D'abord, bien sûr, je vais avoir mon bébé. Il y a une sorte d'ashram plus haut, et j'ai entendu dire que l'on pourrait m'y recevoir. J'ai vu quelques-uns des swamis de l'ashram quand ils viennent au bazar faire leur marché. Ils inspirent du respect à la ville, impressionnée par la pureté de leur vie. Ils sont entièrement voués à l'étude de la philosophie et des anciennes écritures qui ont pris naissance sur les plus hauts sommets de ces montagnes, que je ne parviens toujours pas à découvrir. Ces swamis sont des hommes joyeux, ils rient et plaisantent d'une voix retentissante avec les gens du bazar. On me dit que tout chercheur de vérité un tant soit peu sincère peut se rendre à l'ashram, où on l'autorise à s'attarder aussi longtemps qu'il le veut. Seulement la plupart des visiteurs repartent très vite à cause du froid et des conditions de vie spartiates.

La prochaine fois que je rencontrerai un swami, je lui parlerai et lui demanderai la permission de monter. Je ne sais pas encore combien de temps je resterai. Il faudra, en tout cas, que ce soit pour une certaine durée, car la descente, dans mon état, présentera de plus en plus de difficultés, même si j'en éprouvais le désir.

*DOMAINE ÉTRANGER*
*AUX ÉDITIONS PHÉBUS*

*(extrait du catalogue)*

## DOMAINE BRITANNIQUE

BARBELLION
*Journal d'un homme déçu*

SIR HENRY HOWARTH BASHFORD
*Augustus Carp*, roman
(également en collection « libretto »)

RONAN BENNETT
*Le Catastrophiste*, roman

ELIZABETH BOWEN
*Emmeline*, roman
*Les Petites Filles*, roman

JOHN BUCHAN
*Salut aux coureurs d'aventure !* roman

EDWARD CAREY
*L'Observatoire*, roman
*Alva & Irva*, roman

RICHARD COBB
*Une éducation classique*, récit

W. WILKIE COLLINS
*Pierre de Lune*, roman
(également en collection « libretto »)
*La Dame en blanc*, roman
(également en collection « libretto »)
*Armadale*, roman
(également en collection « libretto »)
*Sans nom*, roman
(également en collection « libretto »)
*Histoires regrettables*, nouvelles
*Seule contre la loi*, roman
*Cache-cache*, roman
(également en collection « libretto »)
*Basil*, roman
*Secret absolu*, roman
*Mari et Femme*, roman
*Une belle canaille*, roman
*Pauvre Miss Finch*, roman

RODERICK CONWAY-MORRIS
*Djem*, roman

JOHN CRANNA
*Les Visiteurs*, nouvelles
(Nouvelle-Zélande)

R. B. CUNNINGHAME GRAHAM
*El Paso*, nouvelles

DAVID DONACHIE
*Une chance du diable*, roman
*Trafic au plus bas*, roman
*Haut et court*, roman

MARGARET DRABBLE
*La Sorcière d'Exmoor*, roman
*La Phalène*
*La Voie radieuse*
(en collection « libretto »)

DAPHNÉ DU MAURIER
*Le Général du Roi*, roman
(également en collection « libretto »)
*Mary Anne*, roman
(également en collection « libretto »)
*L'Amour dans l'âme*, roman
*Le Bouc émissaire*, roman
(également en collection « libretto »)
*Le Vol du Faucon*, roman
*La Maison sur le rivage*, roman
*Les Souffleurs de verre*, roman
*Le Mont-Brûlé*, roman
*Le Monde infernal de Branwell Brontë*, roman

CARLO GÉBLER
*Exorcisme*, roman
*Comment tuer un homme*, roman

ELIZABETH GOUDGE
*L'Arche dans la tempête*, roman
*La Colline aux Gentianes*, roman
*Les Amants d'Oxford*, roman
*Le Pays du Dauphin Vert*, roman

KENNETH GRAHAME
*Le Vent dans les saules*, roman
*Jour de rêve* précédé de *L'Age d'Or*

F. L. GREEN
*Huit heures de sursis*, roman

HUGO HAMILTON
*Sang impur*, roman
*Berlin sous la Baltique*, roman
(en collection « libretto »)
*Déjanté*, roman
(en collection « Rayon Noir »)

SHEILA HETI
*Ticknor*, roman

RICHARD HUGHES
*Cyclone à la Jamaïque*, roman
*Péril en mer*, roman

TED HUGHES

*Contes d'Ovide*, poèmes

ROBERT IRWIN

*Les Mystères d'Alger*, roman

*Nocturne oriental*, roman

*Cadavre exquis*, roman

*Satan & Co*, roman

D.H. LAWRENCE

*L'Étalon*, roman

ROSAMOND LEHMANN

*Le Jour enseveli*, roman

*Poussière*, roman

*Une note de musique*, roman

NORMAN LEWIS

*Torre del Mar*, roman

*Comme à la guerre*, roman

(également en collection « libretto »)

*L'Île aux chimères*, roman

*Le Sicilien*, roman

(également en collection « libretto »)

*Naples 44*

(également en collection « libretto »)

WYNDHAM LEWIS

*Condamné par lui-même*, roman

RICHARD LLEWELLYN

*Qu'elle était verte ma vallée !* roman

ROSE MACAULAY

*Les Tours de Trébizonde*, roman

GEORGE MACKAY BROWN

*Le Dernier Voyage*, roman

DAVID MADSEN

*Le Nain de l'ombre*, roman

FREDERIC MANNING

*Nous étions des hommes*, roman

(également en collection « libretto »)

JOHN MASEFIELD

*La Course du Thé*, roman

*Par les moyens du bord*, roman

*Martin Hyde*, roman

DIANE MIDDLEBROOK

*Son mari*

*Ted Hughes et Silvia Plath, histoire d'un mariage*

NICHOLAS MONSARRAT

*La Mer cruelle*, roman

(également en collection « libretto »)

FLANN O'BRIEN

*L'archiviste de Dublin*, roman

(en collection « libretto »)

*Le Troisième policier*, roman

(en collection « libretto »)

JOSEPH O'CONNOR

*Les Bons Chrétiens*, nouvelles

*Desperados*, roman

(également en collection « libretto »)

*Le Dernier des Iroquois*, roman

*Inishowen*, roman

(également en collection « libretto »)

*L'Étoile des Mers*, roman

JULIA O'FAOLAIN

*Gens sans terre*, roman

CHARLES PALLISER

Le Quinconce *(5 vol.)*

*I. L'Héritage de John Huffam*, roman

*II. Les Faubourgs de l'enfer*, roman

*III. Le Destin de Mary*, roman

*IV. La Clé introuvable*, roman

*V. Le Secret des Cinq-Roses*, roman

(également en collection « libretto »)

*Trahisons*, roman

*Les morts reviennent toujours*, roman

MERVYN PEAKE
*Titus d'Enfer*, roman
Préface par André Dhôtel
(également en collection « libretto »)
*Gormenghast*, roman
(également en collection « libretto »)
*Titus errant*, roman

TIM PEARS
*Un été brûlant*, roman

CHARLOTTE PERKINS GILMAN
*La Séquestrée*, roman
Postface de Diane de Margerie

JOHN COWPER POWYS
*Wood and Stone*, roman
*Owen Glendower*, roman (2 vol.)
*I. Les Tours de Mathrafal*
*II. Les Forêts de Tywyn*

LLEWELYN POWYS
*L'Amour, la Mort*, roman

THEODORE FRANCIS POWYS
*Dieu et autres histoires*
Préface de Patrick Reumaux

KEITH RIDGWAY
*Mauvaise pente*, roman
(également en collection « libretto »)
*Puzzle*, roman
*En temps normal*, nouvelles

RAFAEL SABATINI
*Pavillon noir*, roman
*Captain Blood*, roman
(également en collection « libretto »)
*Le Faucon des mers*, roman

SIEGFRIED SASSOON
*Mémoires d'un chasseur de renards*, roman

FRANCIS STUART

*Liste noire*, roman

WILLIAM TREVOR

*En lisant Tourgueniev*, roman
(également en collection « libretto »)
*Ma maison en Ombrie*, roman
(également en collection « libretto »)
*Le Silence du jardin*, roman
*Le Voyage de Felicia*, roman
*Mourir l'été*, roman
*Mauvaises nouvelles*, nouvelles
*Très mauvaises nouvelles*, nouvelles
*Lucy*, roman
(également en collection « libretto »)
*Les Anges dînent au Ritz*, nouvelles
*Hôtel de la lune oisive*, nouvelles

JAMES WADDINGTON

*Un tour en enfer*, roman

HELEN ZAHAVI

*True romance*, roman
*Donna et le gros dégoûtant*, roman
*Dirty week-end*, roman
(également en collection « libretto »)

## DOMAINE AMÉRICAIN

HERVEY ALLEN

*Anthony Adverse*, roman

ELLIOT ARNOLD

*Le Temps des Gringos*, roman

JOHN CALVIN BATCHELOR

*Antarctica*, roman
*Nouvelles aventures de la comète de Halley*, roman

NEIL BISSOONDATH
*Retour à Casaquemada*, roman
(également en collection « libretto »)
*L'Innocence de l'âge*, roman
*Tous ces mondes en elle*, roman

T. CORAGHESSAN BOYLE
*Water Music*, roman
(également en collection « libretto »)
*La Belle Affaire*, roman
(également en collection « libretto »)

LOUIS BROMFIELD
*Précoce automne*, roman
*Mississippi*, roman
*Emprise*, roman
*Colorado*, roman
*Mrs. Parkington*, roman

ROY CHANSLOR
*Johnny Guitare*, roman

MATT COHEN
*Elizabeth et après*, roman
*Ultime entrevue*, roman
*Le Médecin de Tolède*, roman
(également en collection « libretto »)

ELIZABETH CRANE
*Feu occulte*, nouvelles
*Bonté divine*, roman

LYDIA DAVIS
*Ce qu'elle savait*, nouvelles

STEPHEN DOBYNS
*Quel dommage*, nouvelles

COURTNEY ELDRIDGE
*Record à battre*, roman

EDNA FERBER
*Géant*, roman

KATHLEEN HILL

*Eaux tranquilles*, roman

GARY INDIANA

*Trois mois de fièvre*, roman

MATTHEW KLAM

*Sam the Cat*, nouvelles

VICTORIA LANCELOTTA

*En ce bas monde*, nouvelles

*Loin*, roman

MEYER LEVIN

*Crime*, roman

(également en collection « libretto »)

*Frankie & Johnnie*, roman

(également en collection « libretto »)

NORMAN LEVINE

*Pourquoi habitez-vous si loin ?* nouvelles

*Vue sur la mer*, roman

LUDWIG LEWISOHN

*Le Destin de Mr Crump*, roman

Préface de Thomas Mann

(également en collection « libretto »)

*Crime passionnel*, roman

(également en collection « libretto »)

THOMAS MALLON

*Henry et Clara*, roman

EDGAR LEE MASTERS

*Des voix sous les pierres :*

*Les Épitaphes de Spoon River*

poèmes

FRANK NORRIS

*Les Rapaces*, roman

O. HENRY

*Contes du Far West*

Préface par Antoine Blondin

JULIE OTSUKA
*Quand l'empereur était un dieu*, roman

DOROTHY PARKER
*Hymnes à la Haine*, poèmes
Préface de Benoîte Groult

ROY PARVIN
*La Forêt sous la neige*, nouvelles

ROBERT PENN WARREN
*L'Esclave libre*, roman
(également en collection « libretto »)
*Les Fous du roi*, roman

FREDERIC PROKOSCH
*Voix dans la nuit*, roman
*Ma sauvage Amérique*, roman
(en collection « libretto »)

IMAD RAHMAN
*Micro-ondes*, roman

GARLAND ROARK
*Le Réveil de la « Sorcière rouge »*, roman

KENNETH ROBERTS
*L'Île de Miséricorde*, roman

LEON ROOKE
*En chute libre*, roman
*Gentil bébé*, roman

JACK SCHAEFER
*Shane*, roman

ANYA SETON
*La Turquoise*, roman

SAMUEL SHELLABARGER
*Capitaine de Castille*, roman

CHARLES SIMMONS
*Les Locataires de l'été*, roman
(également en collection « libretto »)

LILLIAN SMITH
*Strange fruit*, roman

WALLACE STEGNER
*Vue cavalière*, roman
(également en collection « libretto »)
*La Vie obstinée*, roman
(également en collection « libretto »)
*Angle d'équilibre*, roman
(également en collection « libretto »)
*La Bonne Grosse Montagne en sucre*, roman
*En lieu sûr*, roman
*Le Goût sucré des pommes sauvages*, nouvelles

JOHN STEINBECK
*Le Règne éphémère de Pépin IV*, roman

ALEXANDER THEROUX
*Trois métèques*, nouvelles

RICHARD WATSON
*Les Chutes du Niagara*, roman

KATHLEEN WINSOR
*Ambre*, roman
(également en collection « libretto »)
*D'or et d'argent*, roman
(également en collection « libretto »)

BEN AMES WILLIAMS
*Une femme étrange*, roman

HERMAN WOUK
*Ouragan sur le « Caine »*, roman

*Cet ouvrage*
*réalisé pour le compte des Éditions Phébus*
*a été mis en pages par In Folio,*
*reproduit et achevé d'imprimer*
*en mai 2006*
*dans les ateliers de Normandie Roto Impression s.a.s.*
*61250 Lonrai*
*N° d'imprimeur : 06-1127*

*Imprimé en France*

*Dépôt légal : mai 2006*
*I.S.B.N. : 2-7529-0191-7*
*I.S.S.N. : 1157-3899*